新编版

入选课本作家优秀作品丛书

郑振铎

Zhengzhenduo

优秀作品选

Youxiu Zuopinxuan

郑振铎 / 著

《郑振铎优秀作品选》编辑组 / 编

华东师范大学出版社

上海

图书在版编目（CIP）数据

郑振铎优秀作品选 / 郑振铎著；《郑振铎优秀作品选》编辑组编. -- 上海：华东师范大学出版社，2021
ISBN 978-7-5760-1463-1

Ⅰ.①郑… Ⅱ.①郑… ②郑… Ⅲ.①中国文学－现代文学－作品综合集 Ⅳ.①I216.2

中国版本图书馆 CIP 数据核字(2021)第 042826 号

郑振铎优秀作品选

著 / 郑振铎
编 /《郑振铎优秀作品选》编辑组
责任编辑 / 吴余
审读编辑 / 南艳丹　何巧涓
责任校对 / 吴余

出版发行 / 华东师范大学出版社
社址 / 上海市中山北路 3663 号　　　邮编 / 200062
网址 / www.ecnupress.com.cn
电话 / 021-60821666　　行政传真 / 021-62572105
客服电话 / 021-62865537
门市（邮购）电话 / 021-62869887
地址 / 上海市中山北路 3663 号华东师范大学校内先锋路口
网店 / http://hdsdcbs.tmall.com

印刷者 / 武汉兆旭印务有限公司
开本 / 880 × 1230　32 开
印张 / 5
字数 / 104 千字
版次 / 2021 年 4 月第 1 版
印次 / 2021 年 4 月第 1 次
书号 / ISBN 978-7-5760-1463-1
定价 / 16.00 元

出版人 / 王焰

（如发现本版图书有印订质量问题,请寄回本社客服中心调换或电话 021-62865537 联系）

阅读准备

· 作家生平 ·

郑振铎（1898—1958），笔名西谛，福建长乐人，作家、翻译家、文学史家。1919 年，参加了"五四"爱国运动并开始写作。1921 年，同沈雁冰、王统照等人成立文学研究会。1923 年起主编《小说月报》。1925 年，创办主编爱国的《公理日报》。1931 年任燕京大学及清华大学教授。代表作品有短篇小说集《取火者的逮捕》，以及《插图本中国文学史》《中国俗文学史》等；编有《中国版画史图录》《中国古本戏曲丛刊》等。

· 创作背景 ·

郑振铎亲身经历了"五四运动"，深受科学、民主等思想的影响，追求自由平等和个性解放，这在他的作品中有所体现。郑振铎曾因蒋介石背叛革命，被迫前往欧洲，因此，他的有些作品常常表现出思乡的情结。

· 作品速览 ·

本书分为"猫""向光明走去""我的邻居们""永在的温情"四个章节，所收录的郑振铎的作品，既有作者日常生活的感悟，也有抗日战争大背景下作者对社会现象的喟叹，还有作者对逝去友人的悼念。他的作品平实浅近，同时又蕴含着深刻的思想和观点，对读者具有一定的启发性。

·文学特色·

郑振铎擅长在作品中表达复杂的情感，他将情感的脉络与情节的发展或论说的层递紧密结合在一起，在情节的推动或论说的进行过程中，情感也在向前推进。有时候，这种变化并不是很明显，这就需要我们在阅读中去细细体味，寻找他的感情线索，完整地将整条感情线摸清楚，否则，我们对于作品的理解将是不全面的。

除此以外，郑振铎的作品中渗透着进步思想，表现出新观念和新态度。他的作品中处处透露出民主、平等等思想的影子；面对某种社会现象，总能从新的视角和新的高度进行论述和批判。其中有些看法，至今仍然值得我们思考和借鉴。

目 录

第一编

猫

猫

【比喻】
将猫比作带着泥土的白雪球，生动形象地写出了猫毛之白。

【对比】
通过对比猫前后的样子，突出猫的变化之大，点明"我"为它忧郁的原因。

我家养了好几次的猫，结局总是失踪或死亡。三妹是最喜欢猫的，她常在课后回家时，逗着猫玩。有一次，从隔壁要了一只新生的猫来。花白的毛，很活泼，常如带着泥土的白雪球似的，在廊前太阳光里滚来滚去。三妹常常地，取了一条红带，或一根绳子，在它面前来回地拖摇着，它便扑过来抢，又扑过去抢。我坐在藤椅上看着他们，可以微笑着消耗过一二小时的光阴，那时太阳光暖暖地照着，心上感着生命的新鲜与快乐。后来这只猫不知怎地忽然消瘦了，也不肯吃东西，光泽的毛也污涩了，终日躺在厅上的椅下，不肯出来。三妹想着种种方法去逗它，它都不理会。我们都很替它忧郁。三妹特地买了一个很小很小的铜铃，用红绫带穿了，挂在它颈下，但只显得不相称，它只是毫无生意地、懒惰地、郁闷地躺着。有一天中午，我从编译所回来，三妹很难过地说道："哥哥,小猫死了!"

我心里也感着一缕的酸辛,可怜这两月来相伴的小侣! 当时只得安慰着三妹道:"不要紧,我再向别处要一只来给你。"

隔了几天,二妹从虹口舅舅家里回来,她道,舅舅那里有三四只小猫,很有趣,正要送给人家。三妹便怂恿着她去拿一只来。礼拜天, 母亲回来了,却带了一只浑身黄色的小猫同来。立刻三妹一部分的注意,又被这只黄色小猫吸引去了。这只小猫较第一只更有趣,更活泼。它在园中乱跑,又会爬树,有时蝴蝶安详地飞过时,它也会扑过去捉。它似乎太活泼了,一点儿也不怕生人,有时由树上跃到墙上,又跑到街上,在那里晒太阳。我们都很为它提心吊胆,一天都要"小猫呢? 小猫呢?"地查问好几次。每次总要寻找一回,方才寻到。三妹常指它笑着骂道:"你这小猫呀,要被乞丐捉去后才不会乱跑呢!"我回家吃中饭,总看见它坐在铁门外边,一见我进门,便飞也似的跑进去了。饭后的娱乐,是看它在爬树,隐身在阳光隐约里的绿叶中,好像在等待着要捕捉什么似的。把它抱了下来,又极快地爬上去了。过了二三个月,它会捉鼠了。有一次,居然捉到一只很肥大的鼠,自此,夜间便不再听见讨厌的"吱吱"的声了。

某一日清晨,我起床来,披了衣下楼,没有看

【语言描写】

三妹的话用了感叹句,表现了她对小猫死亡一事很伤心。

【动作描写】

"跑""爬""扑"等一系列动词生动真实,表现了小猫的活泼好动。

【语言描写】

三妹的话表面上是对小猫的指责,实际上却隐含着对小猫的喜爱。

【动作描写】

通过"我"起床找猫的一系列动作，暗示小猫可能已亡失，使读者随之紧张起来。

【比喻】

把小猫比作亲爱的同伴，将它当成家庭的一员，生动形象地表现出大家对小猫十分喜爱。

【心理描写】

直接描写"我"内心的愤恨和难过，反映出"我"对小猫的喜爱和对捉猫者的恼怒。

见小猫，在小园里找了一遍，也不见。心里便有些亡失的预警。

"三妹，小猫呢？"

她慌忙地跑下楼来，答道："我刚才也寻了一遍，没有看见。"

家里的人都忙乱地在寻找，但终于不见。

李妈道："我一早起来开门，还见它在厅上，烧饭时，才不见了它。"

大家都不高兴，好像亡失了一个亲爱的同伴，连向来不大喜欢它的张妈也说："可惜，可惜，这样好的一只小猫。"

我心里还有一线希望，以为它偶然跑到远处去，也许会认得归途的。

午饭时，张妈诉说道："刚才遇到隔壁周家的丫头，她说，早上看见我家的小猫在门外，被一个过路的人捉去了。"

于是这个亡失证实了。三妹很不高兴的，咕噜着道："他们看见了，为什么不出来阻止？他们明晓得它是我家的！"

我也怅然地，愤然地，在诅骂着那个不知名的夺去我们所爱的东西的人。

自此，我家好久不养猫。

冬天的早晨，门口蜷伏着一只很可怜的小猫，毛色是花白的，但并不好看，又很瘦。它伏着不去。

我们如不取来留养,至少也要为冬寒与饥饿所杀。张妈把它拾了进来,每天给它饭吃。但大家都不喜欢它,它不活泼,也不像别的小猫之喜欢玩游,好像是具有天生的忧郁性似的,连三妹那样爱猫的,对于它,也不加注意。如此地,过了几个月,它在我家仍是一只若有若无的动物。它渐渐地肥胖了,但仍不活泼。大家在廊前晒太阳闲谈着时,它也常来蜷伏在母亲或三妹的足下。三妹有时也逗着它玩,但并没有像对前几只小猫那样感兴趣。有一天,它因夜里冷,钻到火炉底下去,毛被烧脱好几块,更觉得难看了。

春天来了,它成了一只壮猫了,却仍不改它的忧郁性,也不去捉鼠,终日懒惰地伏着,吃得胖胖的。

这时,妻买了一对黄色的芙蓉鸟来,挂在廊前,叫得很好听。妻常常叮嘱着张妈换水,加鸟粮,洗刷笼子。那只花白猫对于这一对黄鸟,似乎也特别注意,常常跳在桌上,对鸟笼凝望着。

妻道:"张妈,留心猫,它会吃鸟呢。"

张妈便跑来把猫捉了去。隔一会儿,它又跳上桌子对鸟笼凝望着了。

一天,我下楼时,听见张妈在叫道:"鸟死了一只,一条腿被咬去了,笼板上都是血。是什么东西把它咬死的?"

我匆匆跑下去看,果然一只鸟是死了,羽毛松

【语言描写】

　　"我"反复强调这句话,可以看出"我"愤怒至极,同时也反映出"我"做事有些鲁莽。

【语言描写】

　　这里可以看出,妻子并不想将责任全部推在小猫身上,只好拿张妈来出气。

【拟人】

　　将小猫人格化,生动地表现了作者找不到小猫时气愤而又无奈的心理。

散着,好像曾与它的敌人挣扎了许久。

　　我很愤怒,叫道:"一定是猫,一定是猫!"于是立刻便去找它。

　　妻听见了,也匆匆地跑下来,看了死鸟,很难过,便道:"不是这猫咬死的还有谁?它常常对鸟笼望着,我早就叫张妈要小心了。张妈!你为什么不小心?!"

　　张妈默默无言,不能有什么话来辩护。

　　于是猫的罪状证实了。大家都去找这可厌的猫,想给它以一顿惩戒。找了半天,却没找到。真是"畏罪潜逃"了,我以为。

　　三妹在楼上叫道:"猫在这里了。"

　　它躺在露台板上晒太阳,态度很安详,嘴里好像还在吃着什么。我想,它一定是在吃着这可怜的鸟的腿了,一时怒气冲天,拿起楼门旁倚着的一根木棒,追过去打了一下。它很悲楚地叫了一声"咪呜",便逃到屋瓦上了。

　　我心里还愤愤的,以为惩戒得还没有快意。

　　隔了几天,李妈在楼下叫道:"猫,猫!又来吃鸟了。"同时我看见一只黑猫飞快地逃过露台,嘴里衔着一只黄鸟。我开始觉得我是错了!

　　我心里十分地难过,真的,我的良心受伤了,我没有判断明白,便妄下断语,冤枉了一只不能说话辩诉的动物。想到它的无抵抗的逃避,益使我感到我的暴怒、我的虐待，都是针，刺我良心的针！

我很想补救我的过失，但它是不能说话的，我将怎样地对它表白我的误解呢？

两个月后，我们的猫忽然死在邻家的屋脊上。我对于它的亡失，比以前的两只猫的亡失，更难过得多。

我永无改正我的过失的机会了！

自此，我家永不养猫。

一九二五年十一月七日于上海

【比喻】

将自己的暴怒和对小猫的虐待比作刺着良心的针，生动地表现了"我"强烈的后悔和自责。

阅读心得

作者养猫的过程经历了从爱猫到仇猫，最后愧疚于猫的变化，每一次养猫都是一次情感变化的节点，层层递进，文末一句"永不养猫"足见作者在经历了"吃鸟事件"之后深深的悔恨。这无法挽回的过失成为作者一生的伤痛。

写作借鉴

这篇文章对情节的处理详略得当。比如写到第二只猫失踪的过程时，较第一只猫更为详细，写到第三只猫时又使用了更多的笔墨，这样的安排是与作者的情感变化紧密相连的，在层递中最终突出作者的悔恨之情，使人回味无穷。我们写作时要有重点地去安排笔墨，以便更清晰地表达观点或情感。

海　燕

📖**名师导读** ...

　　燕子——美丽的小生灵,历来是文人墨客寄托情思的载体,它们的身上究竟有什么魔力,能这样牵动人们的情感神经呢?这篇文章或许能给你答案。

　　乌黑的一身羽毛,光滑漂亮,积伶积俐,加上一双剪刀似的尾巴,一对劲俊轻快的翅膀,凑成了那样可爱的活泼的一只小燕子。当春间二三月,轻飔微微地吹拂着,如毛的细雨无因地由天上洒落着,千条万条的柔柳,齐舒了它们的黄绿的眼,红的白的黄的花,绿的草,绿的树叶,皆如赶赴市集者似的奔聚而来,形成了烂漫无比的春天时,那些小燕子,那么伶俐可爱的小燕子,便也由南方飞来,加入了这个隽妙无比的春景的图画中,为春光平添了许多的生趣。小燕子带了它的双剪似的尾,在微风细雨中,或在阳光满地时,斜飞于旷亮无比的天空之上,"唧"的一声,已由这里稻田上,飞到了那边的高柳之下了。再几只却隽逸地在粼粼如縠纹的湖面横掠着,小燕子的剪尾或翼尖,偶沾了水面一下,那小圆晕便一圈一圈地荡漾了开去。那边还有飞倦了的几对,闲散地憩息于纤细的电线上——嫩蓝的春天,几支木杆,几痕细线连于杆与杆间,线上是停着几个粗而有致的小黑点,那便是燕子,是多么有趣的一幅图画呀!还有一家家的快乐家庭,他们还特为我们的小燕子备了一个两个小巢,放在厅梁的最高处,假如这家有了一个匾额,那匾后便是小燕子最好的安巢之所。第一年,小燕子来住了;第二年,我们的小燕子,就是去年的一对,它们还要来住。

"燕子归来寻旧垒。"

还是去年的主,还是去年的宾,他们宾主间是如何地融融泄泄呀!偶然的有几家,小燕子却不来光顾,那便很使主人忧戚,他们邀召不到那么隽逸的嘉宾,每以为自己运命的蹇劣呢。

这便是我们故乡的小燕子,可爱的活泼的小燕子,曾使几多的孩子们欢呼着,注意着,沉醉着,曾使几多的农人们市民们忧戚着,或舒怀地指点着,且曾平添了几多的春色,几多的生趣于我们的春天的小燕子!

如今,离家是几千里!离国是几千里!托身于浮宅之上,奔驰于万顷海涛之间,不料却见着我们的小燕子。

这小燕子,便是我们故乡的那一对、两对吗?便是我们今春在故乡所见的那一对、两对吗?

见了它们,游子们能不引起了,至少是轻烟似的,一缕两缕的乡愁吗?

海水是皎洁无比的蔚蓝色,海波是平稳得如春晨的西湖一样,偶有微风,只吹起了绝细绝细的千万个粼粼的小皱纹,这更使照晒于初夏之太阳光之下的、金光灿烂的水面显得温秀可喜。我没有见过那么美的海!天上也是皎洁无比的蔚蓝色,只有几片薄纱似的轻云,平贴于空中,就如一个女郎,穿了绝美的蓝色夏衣,而颈间却围绕了一段绝细绝轻的白纱巾。我没有见过那么美的天空!我们倚在青色的船栏上,默默地望着这绝美的海天;我们一点杂念也没有,我们是被沉醉了,我们是被带入晶天中了。

就在这时,我们的小燕子,二只,三只,四只,在海上出现了。它们仍是隽逸地从容地在海面上斜掠着,如在小湖面上一样;海水被它的似剪的尾与翼尖一打,也仍是连漾了好几圈圆晕。小小的燕子,浩莽的大海,飞着飞着,不会觉得倦吗?不会遇着暴风疾雨吗?我们真替它们担心呢!

小燕子却从容地憩着了。它们展开了双翼,身子一落,落在海面上了,双翼如浮圈似的支持着体重,活是一只乌黑的小水禽,在随波上下地浮着,又安闲,又舒适。海是它们那么安好的家,我们真是想不到。

在故乡,我们还会想象得到我们的小燕子是这样的一个海上英雄吗?

海水仍是平贴无波,许多绝小绝小的海鱼,为我们的船所惊动,群向远处蹿去;随了它们飞蹿着,水面起了一条条的长痕,正如我们当孩子时之用瓦片打水漂在水面所划起的长痕。这小鱼是我们小燕子的粮食吗?

小燕子在海面上斜掠着,浮憩着。它们果是我们故乡的小燕子吗?

啊,乡愁呀,如轻烟似的乡愁呀!

(原载于1932年新中国书局《海燕》集)

阅读心得

　　黑白两色,剪刀似的尾巴,轻快灵动的身影,这些特征来自一种可爱的动物,就是燕子。作者究竟有多喜爱燕子呢?

如"那样可爱的活泼的一只小燕子""是多么有趣的一幅图画呀！""我们真替它们担心呢！"等，种种表述无不渗透着作者浓浓的喜爱之情。从他细致而生动的讲述中我们不难看出，他对燕子有过认真的观察，赞美之情溢于言表。

可是这么漂亮的小燕子，是否来自"我"的故乡呢？想到这里，作者不禁怅然。故乡也有燕子，也有比眼前更吸引人的美景，可自己却像异乡的燕子一般，在外漂泊。如轻烟似的乡愁，萦绕在作者心头，久久不散。

写作借鉴

托物言志是本文最大的特点。作者用了极大的篇幅来描写燕子以及由燕子点缀的美景，直到最后才道出"乡愁"，可见，文章中的燕子就是作者思乡之情的载体。在异乡飞翔的燕子，一如在外漂泊的自己。作者借燕子抒发乡愁，使情感的表达更加真挚，让人感动。

古人常借实际存在的意象表达抽象的情感，比如用柳树来表达离别的不舍："杨柳岸，晓风残月。"用月亮来表达对故乡的思念："举头望明月，低头思故乡。"用流水来表达时光流逝的感叹："子在川上曰：'逝者如斯夫，不舍昼夜。'"我们现在仍可借鉴，本文或许能够带给你一些灵感。

蝉与纺织娘（节选）

名师导读....

盛夏时节，你是否认真听过窗外的虫鸣？蝉鸣减弱，纺织娘的声音就响起来了，这代表着季节更替。在这起伏之间，人们享受着时序更迭带来的奇妙体验。

你如果有福气独自坐在窗内，静悄悄的没有一个人来打扰你，一点钟、两点钟地过去，嘴里衔着一支烟，躺在沙发上慢慢地喷着烟云，看它一白圈一白圈地升上，那么在这静境之内，你便可以听到那墙角阶前的鸣虫的奏乐。

那鸣虫的作响，真不是凡响；如果你曾听见过曼杜令的低奏，你曾听见过一支洞箫在月下湖上独吹着；你曾听见过红楼的重幔中透漏出的弦管声，你曾听见过流水淙淙地由溪石间流过，或你曾倚在山阁上听着飒飒的松风在足下拂过，那么，你便可以把那如何清幽的鸣虫之叫声想象到一二了。

虫之乐队，因季候的关系而颇有不同，夏天与秋令的虫声，便是截然的两样。蝉之声是高旷的，享乐的，带着自己满足之意的；它高高地栖在梧桐树或竹枝上，迎风而唱，那是生之歌，生之盛年之歌，那是结婚曲，那是中世纪武士美人的大宴时的行吟诗人之歌。无论听了那叽——叽——的曼长音，或叽格——叽格——的较短声，都可以同样地受到一种轻快的美感。秋虫的鸣声最复杂，但无论纺织娘的咭嘎、蟋蟀的唧唧、金铃子之叮令，还有无数无数不可名状的秋虫之鸣声，其音调之凄抑却都是一样的；它们唱的是秋之歌，是暮年之歌，是薤露之曲。它们的歌声，是如秋风之扫落叶，怨妇之奏琵琶，孤峭而幽奇，清远而凄迷，低徊而愁肠百结。你如果是一个孤客，独宿于荒郊逆旅，一盏荧荧的油灯，对着一张板床，一张木桌，一二张硬板凳，再一听见四壁"唧唧知知"的虫声间作，那你今夜便不用再想稳稳当当地安睡了。什么愁情、乡思，以及人生之悲感，都会一串一串地从根儿勾引起来，在你心上翻来覆去，如白老鼠在戏笼中走轮盘一般，一上去便不用想下来憩息。如果你不是一个客人，你有家庭，你有很好的太太，你并没有什么闲愁胡想，那么，在你太太已睡之后，你想在书房中静静地写一些东西时，这"唧唧"的秋虫之声却也会无端地窜入你的心里，翻掘起你向不曾有过的一种凄感呢。如果那一夜是一个月夜，天井里统是银白色，枯秃的树影，一根一条的很清朗地印在地上，那么你的感触将更深了。那也许就是所谓悲秋。

秋虫之声，大概都在蝉之夏曲已告终之后出现，那正与气候之寒暖相应。但我却有一次奇异的经验；在无数的纺织娘之鸣声已来了之后，却又听得满耳的蝉声。我想我们的读者中有这种经验的人是必不多的。

我在山中，每天听见的只有蝉声，鸟声还比不上。那天气是很热，即在山上，也觉得并不凉爽。正午的时候，躺在廊前的藤榻上，要求一点的凉风，却见满山的竹树梢头，一动也不动，看看足底下的花草，也都静静地站着，如老僧入了定似的。风扇之类既得不到，只好不断地用手巾来拭汗，不断地在摇挥那纸扇了。在这时候，往往有几缕的蝉声在槛外鸣奏着。闭了目，静静地听了它们在忽高忽低，忽断忽续，此唱彼和，仿佛是一大阵绝清幽的乐阵在那里奏着绝清幽的曲子，炎热似乎也减少了，然后，蒙眬地蒙眬地睡去了，什么都不觉得。良久，良久，清梦醒来时，却又是满耳的蝉声。山中的蝉真多！绝早的清晨，老妈子们和小孩子们常去抱着竹竿乱摇一阵，而一只二只的蝉便要跟随了朝露而落到地上了。每一个早晨，在我们滴翠轩的左近，至今是百只以上之蝉是这样的被捉。但蝉声却并不减少。

…………

半个月过去了；有的时候，似乎蝉声略少，第二天却又多了起来。虽然"叽——叽——"的不息地鸣着，却并不觉喧扰；所以大家都不讨厌它们。我却特别地爱听它们的歌唱，那样的高旷清远的调子，在什么音乐会中可以听得到！所以我每以蝉声将绝为虑，时时地干涉孩子们捕捉。

到了一夜，狂风大作，雨点如从水龙头上喷出似的，向槛内廊上倾倒。第二天还不放晴。再过一天，晴了，天气却很凉，蝉声乃不再听见了！全山上在鸣唱着的却换了一种"咭嘎——咭嘎——"的急促而凄楚的调子，那是纺织娘。

"秋天到了。"我这样地说着，颇动了归心。

再一天，纺织娘还是"咭嘎咭嘎"地唱着。

然而，第三天早晨，当太阳晒得满山时，蝉声却又听见了！且很不少。我初听不信；"叽——叽——叽格——叽格——"那确是蝉声！纺织娘之声却又潜踪了。

蝉回来了，跟它回来的是炎夏。从箱中取出的棉衣又复放入箱中。下山之计遂又打消了。

谁曾于听了纺织娘歌声之后再听见蝉的夏曲呢？这是我的一个有趣的经验。

11月8日夜补记

（原载于1927年开明书店版《山中杂记》）

阅读心得

作者在山间居住，享受着静谧祥和的时光，蝉鸣与纺织娘叫声的更替使作者感受到了时节的变换，秋意乍起，作者顿时有了下山的想法；然而几天之后，蝉鸣声却再次出现，压过了纺织娘的叫声，天气也再次热了起来。在蝉与纺织娘交替的叫声中，作者感受到了自然的奇妙与神秘，也让我们感叹于大自然的变化多端，心生向往之感。

写作借鉴

本文对声音的描摹极具特色，不仅运用了丰富的拟声词，还结合比喻和拟人等修辞手法，生动细致地对蝉和纺织娘的声音进行刻画。如"叽——叽——""叽格——叽格——"等拟声词，是对蝉鸣的直接模仿，给人身临其境之感；同时，还将蝉鸣比作"中世纪武士美人的大宴时的行吟诗人之歌"，给蝉鸣声增添了一层诗意。

在描写声音时，我们可以运用多种手法，从主观、客观等多种角度进行描摹，从而使文章更加生动形象，更具画面感。

鹈鹕与鱼

名师导读....

农夫利用鹈鹕捕鱼是那个年代常见的场景,看到这样的画面,有人觉得充满诗意,有人觉得其中渗透了劳动人民的智慧,而作者却有与以上两者截然不同的看法。

夕阳的柔红光,照在周围十余里的一个湖泽上,没有什么风,湖面上绿油油的像一面镜似的平滑。一望无垠的稻田。垂柳松杉,到处点缀着安静的景物。有几只渔舟,在湖上碇泊着。渔人安闲地坐在舵尾,悠然地在吸着板烟。船头上站立着一排士兵似的鹈鹕,灰黑色的,喉下有一大囊鼓突出来。渔人不知怎样的发了一个命令,这些水鸟们便都"扑扑"地钻没入水面以下去了。

湖面被冲荡成一圈圈的粼粼小波。夕阳光跟随着这些小波浪在跳跃。

鹈鹕们陆续地钻出水来,上了船。渔人忙着把鹈鹕们喉囊里吞装着的鱼,一只只地用手捏压出来。

鹈鹕们睁着眼望着。

平野上炊烟四起,袅袅地升上晚天。

渔人拣着若干尾小鱼,逐一地抛给鹈鹕们吃,一口便咽了下去。

提起了桨,渔人划着小舟归去。湖面上刺着一条水痕。鹈鹕们士兵似的齐整地站立在船头。

天色逐渐暗了下去。湖面上又平静如恒。

这是一幅很静美的画面，富于诗意，诗人和画家都要想捉住的题材。

但隐藏在这静美的画面之下的，却是一个残酷可怖的争斗，生与死的争斗。

在湖水里生活着的大鱼小鱼们看来，渔人和鹈鹕们都是敌人，都是蹂躏它们、致它们于死的敌人。

但在鹈鹕们看来，究竟有什么感想呢？

鹈鹕们为渔人所喂养，发挥着它们捕捉鱼儿的天性，为渔人干着这种可怖的杀鱼的事业。它们自己所得的却是那么微小的酬报！

当它们兴高采烈地钻没入水面以下时，它们只知道捕捉，吞食，越多越好。它们曾经想到过：钻出水面，上了船头时，它们所捕捉、所吞食的鱼儿们依然要给渔人所逐一捏压出来，自己丝毫不能享用的吗？

它们要是想到过，只是作为渔人的捕鱼的工具，而自己不能享用时，恐怕它们便不会那么兴高采烈地在捕捉、在吞食吧。

渔人却悠然地坐在船艄，安闲地抽着板烟，等待着鹈鹕们为他捕捉鱼儿。一切的摆布，结果，都是他事前所预计着的。难道是"运命"在拨弄着的么？渔人总是在"收着渔人之利"的；鹈鹕们天生的要为渔人而捕捉、吞食鱼儿；鱼儿们呢，仿佛只有被捕捉、被吞食的份儿，不管享用的是鹈鹕们或是渔人。

在人间，在沦陷区里，也正演奏着鹈鹕们的"为他人作嫁衣裳"的把戏。

当上海在暮影笼罩下，蝙蝠们开始在乱飞，狐兔们渐渐地由洞穴里爬了出来时，敌人的特工人员（后来是"七十六号"里的东西），便像夏天的臭虫似的，从板缝里钻出来找"血"喝。他们先拣肥的、有油的、多血的人来吮、来咬、来吃。手法很简单：捉了去，先是敲打一顿，乱踢一顿，——掌颊更是极平常的事——或者吊打一顿，然后对方的家属托人出来说情。破费了若干千万，喂得他们满意了，然后才有被释放的可能。其间也有清寒的志士们只好挺身牺牲。但不花钱的人恐怕很少。

某君为了私事从香港到上海来，被他们捕捉住，作为重庆的间谍看待。囚禁了好久才放了出来。他对我说：先要用皮鞭抽打，那尖长的鞭梢，内里藏的是钢丝，抽一下，便深陷在肉里去，抽了开去时，留下的是一条鲜血痕。稍不小心，便得受一掌、一拳、一脚。说时，他拉开裤脚管给我看，大腿上一大块伤痕，那是敌人用皮靴狠踢的结果。他不说明如何得释，但恐怕不会是很容易的。

那些敌人的爪牙们，把志士们乃至无数无辜的老百姓们捕捉着，吞食着。且偷、且骗、且抢、且夺的，把他们的血吮着、吸着、喝着。

爪牙们被喂得饱饱的、肥头肥脑的，享受着有生以来未曾享受过的"好福好禄"。所有出没于灯红酒绿的场所，坐着汽车疾驰过街的，大多是这些东西。

有一个坏蛋中的最坏的东西，名为吴世宝的，出身于保镖或汽车夫之流，从不名一钱的一个街头无赖，不到几时，洋房有了，而且不止一所；汽车有了，而且也不止一辆；美姜也有了，而且也不止一个。有一个传说，说他的洗澡盆是用银子打成的，金子熔铸的食具以及其他用具，不知有多少。

他享受着较桀纣还要舒适奢靡的生活。

金子和其他的财货一天天地多了，更多了，堆积得恐怕连他自己也不知其数。都是从无辜无告的人那里榨取偷夺而来的。

怨毒之气一天天地深；有无数的流言怪语在传播着。

群众们侧目而视，重足而立；"吴世宝"这三个字，成为最恐怖的"毒物"的代名词。

他的主人（敌人）觉察到民怨沸腾到无可压制的时候，便一举手地把他逮捕了，送到监狱里去。他的财产一件件地被吐了出来。——不知到底吐出了多少。等到敌人，他的主人觉得满意了，而且说情的人也渐渐多了，才把他释放出来。但在临释的时候，却嗾使猁狗咬断了他的咽喉。他被护送到苏州养伤，在受尽了痛苦之后，方才死去。

这是一个最可怖的鹈鹕的下场。

敌人博得了"惩"恶的好名，平息了一部分无知的民众的怨毒的怒火，同时却获得了吴世宝积恶所得的无数掳获物，不必自己去搜括。

这样的效法喂养鹈鹕的渔人的办法，最为恶毒不过。安享着无数的资产，自己却不必动一手，举一足。

鹈鹕们一个个地上场，一个个地下台。一时意气昂昂，一时却又垂头丧气。

然而没有一个狐兔或臭虫视此为前车之鉴。他们依然地在搜括、在捕捉、在吞食，不是为了他们自己，却是为了他们的主人。

他们和鹈鹕们同样地没有头脑，没有灵魂，没有思想。他们一个个走上了同样的没落的路,陷落在同一的悲惨的运命里。然而一个个却都踊跃地向坟墓走去,不徘徊,不停步,也不回头。

（选自郑振铎《蛰居散记》,上海出版公司1951年出版）

阅读心得

　　农夫、鹈鹕、肥鱼、湖水,这本应该是一幅美丽的乡村风景图,但是这样的一幅画面,放在作者所处的时代,却有了丰富的象征意义。多可怜的鹈鹕啊,它们尽心尽力捕鱼,可最终只能获得微薄的奖励,它们却浑然不知,仍旧为渔人卖着力气。

　　现实中也有"鹈鹕式"的人物,但作者似乎并不觉得他们可怜,相反的,他们恃强凌弱,豪横霸道,是极为可恨的角色。可就是这样的人,也会被他人玩弄,最终落得个人财两空的下场。本文立意深刻,言辞犀利,极具批判性、思想性。

写作借鉴

　　象征手法是本文最为突出的表达技巧之一。鹈鹕与鱼的关系,实际上是在象征狐假虎威的敌人爪牙与仁人志士、普通老百姓的关系。通过对鹈鹕的评价,作者间接表达了对这些暴虐、贪财、无知的恶人的厌恶与讽刺。这样的表达方式使作者思想感情的抒发更为有力,更加生动易懂,更能吸引读者。

　　象征手法往往具有讽刺效果,能够为文章的观点提供强大的气势,这值得我们学习借鉴。

苦鸦子

📖 名师导读····

　　旧社会女性受到封建思想和封建礼教的束缚,地位低下,甚至连人身自由都无法获得。她们就像天空中飞着的乌鸦一般,处处遭人嫌弃,却只能叫几声"苦呀,苦呀"。

　　乌鸦是那么黑丑的鸟,一到傍晚,便成群结队地飞于空中,或三两只栖于树下,"苦呀,苦呀"地叫着,更使人起了一种厌恶的情绪。虽然中国许多抒情诗的文句,每每地把鸦美化了,如"寒鸦数点""暮鸦栖未定"之类,读来未尝不觉其美,等到一听见其声,思想的美感却完全消失了,心上所有的只是厌恶。

　　在山中也与在城市中一样,免不了鸦的干扰。太阳的淡金色光线,弱了,柔和了,暮霭渐渐地朦胧得如轻纱似的幔罩于岗峦之腰、田野之上,西方是血红的一个大圆盘悬在地平上,四边是金彩斑斓的云霞,点染在半天;工作之后,躺在藤榻上,有意无意地领略着这晚霞天气的图画。经过了这样静谧的生活的,准保他一辈子不会忘了,至少是要在城市的狭室中不时想起的。不幸这恬静可爱的山中的黄昏,却往往为"苦呀,苦呀"的鸦声所乱。

　　有一天,晚餐吃得特别地早;几个老婆子趁着太阳光未下山,把厨房中盆碗等物都收拾好了,便也上楼靠在红栏杆上闲谈。

　　"苦呀! 苦呀!"几只乌鸦栖在对面一株大树上,正朝着我们此唱彼和地歌叫着。

"苦鸦子！我们乡下人总说它是嫂嫂变的。"汤妈说。

江妈接着道："我们那里也有这话。婆婆很凶，姑娘又会挑嘴，弄得嫂嫂常常受婆婆的气，还常常地打她，男人又一年间没有几时在家。有一次，她把米饭从后门给了些叫化的；她姑娘看见了，马上去告诉她的娘。还挑拨地说：'嫂嫂常常把饭给人家。'于是婆婆生了大气，用后门的门闩，没头没脑地打了她一顿，她浑身是伤，气不过，就去投河。却为邻居看见了救起，把她湿淋淋地送回家。她婆婆、姑娘还骂她假死吓诈人。当夜，她又用衣带把自己吊死在床前了。过了几个月，她男人回家。他的娘却淡淡地说，她得病死了。但她的灵魂却变了乌鸦，天天在屋前树上'苦呀，苦呀'地叫着。"

"做人家媳妇实在不容易。"江妈接着说，"像我们那里媳妇吃苦的真不少！"

汤妈说："可不是！前半年在少爷家里用的叶妈还不是苦到无处说！一天到晚打水、烧饭、劈柴、种田、摘豆子，她婆婆还常常地叽里咕噜骂她。碰到丈夫好些的，也还好，有地方说说。她的丈夫却又是牛脾气，好赌。输了，总拿她来出气，打得呀，浑身是伤！有一次，她给我看，一身的青肿，半个月一个月还不会退。好容易来帮人家，虽然劳碌些，比在家里总算是好得多了。一月三块半工钱，一个也不能少，都要寄回家。她丈夫还时时来找她要钱！她说起来常哭！上一次，她不是辞了回家吗？那是她丈夫为了赌钱的事，被人家打伤了，一定要她回去服侍。这一向都没有信来，问她乡里人也不知道。这一半年总不见得会出来了。"

江妈道："汤奶奶你是好福气！说是童养媳，婆婆待你比自己的女儿还好。男人又肯干，家里积的钱不少了，去年不是又买了几亩田吗？你真可以回去享福了，汤奶奶！"

"哪里的话！我们哪里说得上'享福'两个字！我们的婆婆待我可真不差，比自己的姆妈还好！"

这时，一声不响的刘妈插嘴道："汤奶奶待她婆婆也真是好；自己的娘病，还不大挂心，听说她婆婆有什么难过，就一定要回去看看的了！上次她婆婆还托人带了大棉袄给她，真是疼她！"

汤妈指着刘妈向江妈道："她真可怜！人是真好，只可惜有些太老实，常给人欺负。她出来帮人家也是没法的。她家里不是少吃的、穿的，只是她婆婆太厉害了，不是打，就是骂；没有一天有好日子过。自从她男人死了，婆婆更恨她入骨，说她是克夫。她到外边来，赛如在天堂上！"

刘妈一声不响地听着她在谈自己的身世。栏杆外面乌鸦还是一声"苦呀，苦呀"在叫着，夜色已经成了深灰色了。

"刘妈，天黑了，怎么还不点灯？天天做的事都会忘了么！"她主妇的声音，严厉地由后房传出。

"噢，来了！"刘妈连忙地答应，慌慌张张地到后面去了。

"真作孽，像她这样的人，到处要给人欺负。"江妈说，"还好，她是个呆子，看她一天到晚总是嘻嘻的笑脸。"

"不！"汤妈说，"别看她呆头呆脑的；她和我谈起来，时时地落泪呢。有一次，给她主妇大骂了一顿以后，她便跑到自己房里痛哭。到了夜里，我睡时，还听见她在呜咽地抽泣！"

想不到刘妈是这样的一个人，自到山中来后，我们每以她为乐天的痴呆人,往往地拿她来取笑,她也从没有发怒过,谁晓得她原是这样的一个"苦鸦子"!

这时,黑夜已经笼罩了一切。江妈说:"我也要去点灯了。"

"苦呀,苦呀"的乌鸦已经静止,大约它们是栖定在巢中了。

11月12日夜追记

(原载于1927年开明书店版《山中杂记》)

阅读心得

人们对于乌鸦的厌恶,不正像旧社会某些婆家对于媳妇的排斥吗?那时候的女性生活在封建礼教的框架之下,没有所谓的人权,她们出嫁以后只能听从婆家的"教导"。即使被欺凌,也只能叫几声苦,心中的苦闷根本无处排解。可见,那时候的先进青年对平等与自由的呼唤,是多么迫切呀!

中国有着几千年的历史,许多封建思想根深蒂固,难以从老百姓的大脑中根除。即使是当今社会,许多女性仍然生活在"父权"和"夫权"的阴影之下。只有人们真正抛弃旧思想,才能真正避免这类事件再发生。

写作借鉴

本文中有丰富的语言描写,故事内容几乎全部由刘妈、江妈与汤妈的对话组成。她们从"苦鸦子"这一叫法的来历谈起,结合现实中的实例,谈论旧社会女性的境遇,让人唏嘘。这样的写法增添了文章的真实性,使思想感情的表达真挚动人。

蝴蝶的文学

📖 **名师导读....**

在东方的文学里,"蝴蝶"这一意象不再只是单纯的美丽物象,而是被赋予了丰富而复杂的含义。通过阅读这篇文章,我们可以对"蝴蝶"有更加深刻的理解。

一

春送了绿衣给田野,给树林,给花园;甚至于小小的墙隅屋角、小小的庭前阶下,也点缀着新绿。就是油碧色的湖水,被春风粼粼地吹动,山间的溪流也开始淙淙汩汩地流动了;于是黄的、白的、红的、紫的、蓝的,以及不能名色的花开了,于是黄的、白的、红的、黑的,以及不能名色的蝴蝶们,从蛹中苏醒了,舒展着美的耀人的双翼,栩栩在花间,在园中飞了;便是小小的墙隅屋角,小小的庭前阶下,只要有新绿的花木在着的,只要有什么花舒放着的,蝴蝶们也都栩栩地来临了。

蝴蝶来了,偕来的是花的春天。

当我们在和暖宜人的阳光底下,走到一望无际的开放着金黄色的花的菜田间,或杂生着不可数的无名的野花的草地上时,大的小的蝴蝶们总在那里飞翔着。一刻飞向这朵花,一刻飞向那朵花,便是停下了,双翼也还在不息不住地扇动着。一群儿童们嬉笑着追逐在它们之后,见它们停下了,悄悄地便蹑足走近,等到他们走近时,蝴蝶却又态度闲暇地舒翼飞开了。

呵,蝴蝶! 它便被追,也并不现出匆急的神气。

——日本的俳句,我乐作

在这个时候,我们似乎感觉整个宇宙都耀着微笑,都泛溢着快乐,每个生命都在生长,在向前或向上发展。

二

在东方,蝴蝶是我们最喜欢的东西之一,画家很高兴画蝶。甚至于在我们古式的帐眉上,常常是绘饰着很工细的百蝶图——我家以前便有两幅帐眉是这样的。在文学里,蝴蝶也是他们所很喜欢取用的题材之一。歌咏蝴蝶的诗歌或赋,继续地产生了不少。梁时刘孝绰有《咏素蝶》一诗:

随蜂绕绿蕙,避雀隐青薇。
映日忽争起,因风乍共归。
出没花中见,参差叶际飞。
芳华幸勿谢,嘉树欲相依。

同时如简文帝(萧纲)诸人也作有同题的诗。于是明时有一个钱文荐的作了一篇《蝶赋》,便托言梁简文与刘孝绰同游后园,"见从风蝴蝶,双飞花上",孝绰就作此赋以献简文。此后,李商隐、郑谷、苏轼诸诗人并有咏蝶之作,而谢逸一人作了蝶诗三百首,最为著名,人称之为"谢蝴蝶"。

叶叶复翻翻,斜桥对侧门。
芦花唯有白,柳絮可能温?
西子寻遗殿,昭君觅故村。
年年方物尽,来别败兰荪。

——李商隐

寻艳复寻香,似闲还似忙。
暖烟深蕙径,微雨宿花房。
书幌轻随梦,歌楼误采妆。
王孙深属意,绣入舞衣裳。

——郑谷

双肩卷铁丝,两翅晕金碧。
初来花争妍,忽去鬼无迹。

——苏轼

何处轻黄双小蝶,翩翩与我共徘徊。
绿阴芳草佳风月,不是花时也解来。

——陆游

桃红李白一番新,对舞花前亦可人。
才过东来又西去,片时游遍满园春。
江南日暖午风细,频逐卖花人过桥。
……

——谢逸

像这一类的诗，如要集在一起，至少可以成一大册呢。然而好的实在是没有多少。

在日本的俳句里，蝴蝶也成了他们所喜咏的东西，小泉八云曾著有《蝴蝶》一文，中举咏蝶的日本俳句不少，现在转译十余首于下。

就在睡中吧，它还是梦着在游戏——呵，草的蝴蝶。

——护物

醒来！醒来！——我要与你做朋友，你睡着的蝴蝶。

——芭蕉

呀，那只笼鸟眼里的忧郁的表示呀，——它妒羡着蝴蝶！

——作者不明

当我看见落花又回到枝上时——呵！它不过是一只蝴蝶！

——守武

蝴蝶怎样的与落花争轻呵！

——春海

看那只蝴蝶飞在那个女人的身旁——在她前后飞翔着。

——素园

哈！蝴蝶！——它跟随在偷花者之后呢！

——丁涛

可怜的秋蝶呀！它现在没有一个朋友，却只跟在人的后边呀！

——可都里

至于蝴蝶们呢,他们都只有十七八岁的姿态。

——三津人

蝴蝶那样地游戏着——若在这个世界上没有一个敌人似的!

——作者未明

呀,蝴蝶!——它游戏着,似乎在现在的生活里,没有一点别的希求。

——一茶

在红花上的是一只白的蝴蝶,我不知是谁的魂。

——子规

我若能常有追捉蝴蝶的心肠呀!

——杉长

三

我们一讲起蝴蝶,第一便会联想到关于庄周的一段故事。《庄子·齐物论》道:"昔者庄周梦为蝴蝶,栩栩然蝴蝶也,自喻适志与!不知周也。俄然觉,则蘧蘧然周也。不知周之梦为蝴蝶与,蝴蝶之梦为周与?周与蝴蝶,则必有分矣。此之为物化。"这一段简短的话,又合上了"庄子妻死,惠子吊之。庄子方箕踞,鼓盆而歌"(《至乐篇》)的一段话,后来便演变成了一个故事。这故事的大略是如此:庄周为李耳的弟子,尝昼寝梦为蝴蝶,"栩栩然于园林花草之间,其意甚适。醒来时,尚觉臂膊如两翅飞动,心甚异之。以后不时有此梦"。他便将此梦诉之于师。李耳对他指出凤世因缘。原来那庄生是混沌初分时一个白蝴蝶,因偷采蟠桃花蕊,为王母位下守花的青鸾啄死。其神不散，托生于世做了庄周。他被师点破前生，便把世情看作行云流水，一丝不挂。他娶妻田氏，二人共隐于南华山。一日，庄周出游山下，见一新坟封土未干，一少妇坐于冢旁，用扇向冢连扇不已，便问其故。少妇说，她丈夫与她相爱，死时遗言，如欲再嫁，须待坟土干了方可。因此举扇扇之。庄子便向她要过扇来，替她一扇，坟土立刻干了。少妇起身致谢，以扇酬他而去。庄子回来，慨叹不已。田氏闻知其事，大骂那少妇不已。庄子道："生前个个说恩深，死后人人欲扇坟。"田氏大怒，向他立誓说，如他死了，她决不再嫁。不多几日，庄子得病而死。死后七日，有楚王孙来寻庄子，知他死了，便住于庄子家中，替他守丧百日。田氏见他生得美貌，对他很有情意。后来，二人竟恋爱了，结婚了。结婚时，王孙突然地心疼欲绝。王孙之仆说，欲得人的脑髓吞之才会好。田氏便去拿斧劈棺，欲取庄子之脑髓。不料棺盖劈裂时，庄子却叹了一口气从棺内坐起。田氏吓得心头乱跳，不得已将庄子从棺内扶出。这时，寻王孙时，他主仆二人早已不见了。庄子说她道："甫得盖棺遭斧劈，如何等待扇干坟！"又用手向外指道："我教你看两个人。"田氏回头一看，只见楚王孙及其仆踱了进来。她吃了一惊，转身时，不见了庄生，再回头时，连王孙主仆也不见了。"原来此皆庄生分身隐形之法。"田氏自觉羞辱不堪，便悬梁自缢而死。庄子将她尸身放入劈破棺木时，敲着瓦盆，依棺而歌。

　　这个故事，久已成了我们的民间传说之一。最初将庄子的两段话演为故事的在什么时代，我们已不能知道，然在宋金院本中，已有《庄周梦》的名目（见《辍耕录》）。其后元明人的杂剧中，更有几种关于这个故事的：《鼓盆歌庄子叹骷髅》一本（李寿聊作）、《老庄周一枕蝴蝶梦》一本(史九敬先作)、《庄周半世蝴蝶梦》一本(明无名氏作)。

这些剧本现在都已散佚,所可见到的只有《今古奇观》第二十回《庄子休鼓盆成大道》一篇东西。然诸院本杂剧所叙的故事,似可信其与《今古奇观》中所叙者无大区别。可知此故事的起源,必在南宋的时候,或更在其前。

四

韩凭妻的故事较庄周妻的故事更为严肃而悲惨。宋大夫韩凭,娶了一个妻子,生得十分美貌。宋康王强将凭妻夺来。凭悲愤自杀。凭妻悄悄地把她的衣服弄腐烂了。康王同她登高台远眺。她投身于台下而死。侍臣们急握其衣,却着手化为蝴蝶。(见《搜神记》)

由这个故事更演变出一个略相类的故事。《罗浮旧志》说:"罗浮山有蝴蝶洞在云峰岩下,古木丛生,四时出彩蝶,世传葛仙遗衣所化。"

我少时住在永嘉,每见彩色斑斓的大凤蝶,双双地飞过墙头时,同伴的儿童们都指着他们而唱道:"飞,飞!梁山伯、祝英台!"《山堂肆考》说:"俗传大蝶出必成双,乃梁山伯、祝英台之魂,又韩凭夫妇之魂,皆不可晓。"梁祝的故事,与韩凭夫妻事是绝不相类的,是关于蝴蝶的最凄惨而又带有诗趣的一个恋爱的故事。这个故事的来源不可考,至现在则已成了最流传的民间传说。也许有人以为它是由韩凭夫妻的故事蜕化而出,然据我猜想,这个故事似与韩凭夫妻的故事没有什么关系。大约是也许有的地方流传着韩凭夫妻的故事,便以那飞的双凤蝶为韩凭夫妻。有的地方流传着梁山伯、祝英台的故事,便以那双飞的凤蝶为梁山伯、祝英台。

梁山伯是梁员外的独生子,他父亲早死了。十八岁时,别了母亲到杭州去读书。在路上遇见祝英台;祝英台是一个女子,假装为男子,也要到杭州去读书。二人结拜为兄弟,同到杭州一家书塾里攻学。同居了三年,山伯始终没有看出祝英台是女子。后来,英台告辞先生回家去了;临别时,悄悄地对师母说,她原是一个女子,并将她恋着山伯的情怀诉述出。山伯送英台走了一程;她屡以言挑探山伯,欲表明自己是女子,而山伯俱不悟。于是,她说道,她家中有一个妹妹,面貌与她一样,性情也与她一样,尚未定婚,叫他去求亲。二人就此相别。英台到了家中,时时恋念着山伯,怪他为什么好久不来求婚。后来,有一个马翰林来替他的儿子文才向英台父母求婚,他们竟答应了他。英台得知这个消息,心中郁郁不乐。这时,山伯在杭州也时时恋念着英台——是朋友的恋念。一天,师母见他忧郁不想读书的神情,知他是在想念着英台,便告诉他英台临别时所说的话,并述及英台之恋爱他。山伯大喜欲狂,立刻束装辞师,到英台住的地方来。不幸他来得太晚了,太晚了!英台已许与马家了!二人相见述及此事,俱十分地悲郁,山伯一回家便生了病,病中还一心恋念着英台。他母亲不得已,只得差人请英台来安慰他。英台来了,他的病觉得略好些。后来,英台回家了,他的病竟日益沉重而至于死。英台闻知他的死耗,心中悲抑如不欲生。然她的喜期也到了。她要求须先将喜桥抬至山伯墓上,然后至马家,他们只得允许了她这个要求。她到了坟上,哭得十分伤心,欲把头撞死在坟石上,亏得丫鬟把她扯住了。然山伯的魂灵终于被她感动了,坟盖突然地裂开了。英台一见,急忙钻入坟中。他们来扯时,坟石又已合缝,只见她的裙儿飘在外面而不见人。后来他们去掘坟。坟掘开了,不唯山伯的尸体不见,便连英台的尸体也没有了,只见两个大凤蝶由坟的破处飞到外面,飞上天去。他们知道二人是化蝶飞去了。

这个故事感动了不少民间的少年男女。看它的结束甚似《华山畿》的故事。《古今乐录》说:"华山畿者,宋少帝时《懊恼》一曲,亦变曲也。少帝时南徐一士子,从华山畿往云阳,见客舍有女子,年十八九,悦之无因,遂感心疾。母问其故,具以启母,母为至华山寻访,见女。具说,女闻感之,因脱蔽膝;令母密置其席下,卧之当已。少日果差。忽举席见蔽膝而抱持,遂吞食而死。气欲绝,谓母曰:'葬时,车载从华山度。'母从其意。比至女门,牛不肯前,打拍不动。女曰:'且待须臾。'装点沐浴既而出,歌曰:'华山畿,君既为侬死,独活为谁施!欢若见怜时,棺木为侬开。'棺应声开。女遂入棺。家人扣打,无如之何,乃合葬,呼曰神女冢。"也许便是从《华山畿》的故事里演变而成为这个故事的。

五

梁山伯、祝英台以及韩凭夫妻,在人间不能成就他们的终久的恋爱,到了死后,却化为蝶而双双地栩栩地飞在天空,终日地相伴着。同时又有一个故事,却是蝶化为女子而来与人相恋的。《六朝录》言:刘子卿住在庐山,有五彩双蝶,来游花上,其大如燕。夜间,有两个女子来见他,说,"感君爱花间之物,故来相谐,君子其有意乎?"子卿笑曰,"愿伸缱绻。"于是这两个女子便每日到子卿住处来一次,至于数年之久。

蝶之化为女子,其故事仅见于上面的一则,然蝶却被我东方人视为较近于女性的东西。所以女子的名字用"蝶"字的不少,在日本尤其多(不过男子也有以蝶为名)。现在的舞女尚多用蝶花、蝶吉、蝶之助等名。私人的名字,如"谷超"(Kocho)或"超"(Cho),其意义即为蝴蝶。陆奥的地方,尚存称家中最幼之女为"太郭娜"(Tekona)之古俗,"太郭娜"即陆奥土语之蝴蝶。在古时,"太郭娜"这个字又为一个美丽的妇人的别名。

然在中国蝶却又为人所视为轻薄无信的男子的象征。粉蝶栩栩地在花间飞来飞去,一时停在这朵花上,隔一瞬,又停在那一朵花上,正如情爱不专一的男子一样。又在我们中国最通俗的小说如《彭公案》之类的书,常见有"花蝴蝶"之名;这个名字是给予那些喜爱任何女子的色情狂的盗贼的。他们如蝴蝶之闻花的香气即飞去寻找一样,一见有什么好女子,便追踪于她们之后,而欲一逞。

在这个地方,所指的蝴蝶便与上文所举的不同,已变为一种慕逐女子的男性,并非上文所举的女性的象征了。所以,蝴蝶在我们东方的文学里,原是具有异常复杂的意义的。

六

蝶在我们东方,又常被视为人的鬼魂的显化。梁祝及韩凭的二故事,似也有些受这个通俗的观念的感发。这种鬼魂显化的蝶,有时是男子显化的,有时是女子显化的。《春渚纪闻》说:"建安章国老之室宜兴潘氏,既归国老,不数岁而卒。其终之日,室中飞蝶散满,不知其数,闻其始生,亦复如此。即设灵席,每展遗像,则一蝶停立久久而去。后遇避讳之日,与曝像之次,必有一蝶随至,不论冬夏也。其家疑其为花月之神。"这个故事还未说蝶就是亡去少妇的魂。《癸辛杂识》所记的二事,乃直接地以蝶为人的魂化。"杨昊字明之,娶江氏少女,连岁得子。明之客死之明日,有蝴蝶大如掌,徊翔于江氏旁,竟日乃去。及闻讣,聚族而哭,其蝶复来,绕江氏,饮食起居不置也。盖明之未能割恋于少妻稚子,故化蝶以归尔。……杨大芳娶谢氏,亡未殓。有蝶大如扇,其色紫褐,翩翩自帐中徘徊飞集窗户间,终日乃去。"

　　日本的故事中,也有一则关于魂化为蝶的传说。东京郊外的某寺坟地之后,有一间孤零零立着的茅舍,是一个老人名为高滨(Takahama)的所住的房子。他很为邻居所爱,然同时人又多自之为狂。他并不结婚,所以只有一个人。人家也没有看见他与什么女子有关系。他如此孤独地住着,不觉已有五十年了。某一年夏天,他得了一病,自知不起,便去叫了弟媳及她的一个三十岁的儿子来伴他。某一个晴明的下午,弟媳与她的儿子在床前看视他,他沉沉地睡着了。这时有一只白色大蝶飞进屋,停在病人的枕上。老人的侄用扇去逐它,但逐了又来。后来它飞出到花园中,侄也追出去,追到坟地上。它只在他面前飞,引他深入坟地。他见这蝶飞到一个妇人坟上,突然地不见了。他见坟石上刻着这妇人名:明子(Akiko),死于十八岁。这坟显然已很久了,绿苔已长满了坟石上。然这坟收拾得干净,鲜花也放在坟前,可见还时时有人在看顾她。这少年回到屋内时,老人已于睡梦中死了,脸上现出笑容。这少年告诉母亲在坟地上所见的事,他母亲道:"明子!唉!唉!"少年问道:"母亲,谁是明子?"母亲答道:"当你伯父少年时,他曾与一个可爱的女郎名明子的定婚。在结婚前不久,她患肺病而死。他十分地悲切。她葬后,他便宣言此后永不娶妻,且筑了这座小屋在坟地旁,以便时时可以看望她的坟。这已是五十年前的事了。在这五十年中,你伯父不问寒暑,天天到她坟上祷哭,且以物祭之。但你伯父对人并不提起这事。所以,现在,明子知他将死,便来接他。那大白蝶就是她的魂呀。"

在日本又有一篇名为《飞的蝶簪》的通俗戏本,其故事似亦是从"鬼魂化蝶"的这个概念里演变出。蝴蝶是一个美丽的女子,因被诬犯罪及受虐待而自杀。欲为她报仇的人怎么设法也寻不出那个害她的人。但后来,这个死去妇人的发簪,化成了一只蝴蝶,飞翔于那个恶汉藏身的所在之上面,指导他们去捉他,因此报了仇。

七

《蝴蝶梦》一剧是中国古代很流行的剧本之一。宋金院本中有《蝴蝶梦》的一个名目,元剧中有关汉卿的一本《包待制三勘蝴蝶梦》,又有萧德祥的一本同名的剧本。现在关汉卿的一本尚存在于《元曲选》中。

这个戏剧的故事,也是关于蝴蝶的,与上面所举的几则却俱不同。大略是如此:王老生了三个儿子,都喜欢读书。一天,他上街替儿子们买些纸笔,走得乏了,在街上坐着歇息,不料因冲着马头,却被骑马的一个势豪名葛彪的打死了,三个儿子听见父亲为葛彪打死,便去寻他报仇,也把他打死了。他们都被捉进监狱。审判官恰是称为"中国的苏罗门"的包拯。当他大审此案之前,曾梦自己走进一座百花烂漫的花园,见一个亭子上结下个蛛网,花间飞来一个蝴蝶，正打在网中，却又来了一个大蝴蝶，把它救出。后来，又来第二个蝴蝶打在网中，也被大蝴蝶救了。最后来了一个小蝴蝶，打在网上，却没有人救，那大蝴蝶两次三番只在花丛上飞，却不去救。包拯便动了恻隐之心，把这小蝴蝶放走了。醒来时，却正要审问王大、王二、王三打死葛彪的案子。他们三个人都承认葛彪是自己打死的，不干兄或弟的事。包拯说，只要一个人抵命，其他二人可以释出。便问他们的母亲，要哪一个去抵命。她说，要小的去。包拯道："为什么？小的不是你养的吗？"母亲悲哽地说道："不是的，那两个，我是他们的继母，这一个是我的亲儿。"包拯为这个贤母的举动所感动，便想道："梦见大蝴蝶救了两个小蝶，却不去救第三个，倒是我去救了他。难道便应在这一件事上吗？"于是他假判道："王三留此偿命。"同时却悄悄地设法，把王三也放走了。

八

还有两则放蝶的故事，也可以在最后叙一下。

唐开元的末年，明皇每至春时，即旦暮宴于宫中，叫嫔妃们争插艳花。他自己去捉了粉蝶来，又放了去。看蝶飞止在哪个嫔妃的上面，他便也去止宿于她的地方。后来因杨贵妃专宠，便不复为此戏。（见《开元天宝遗事》）

这一则故事，没有什么很深的意味，不过表现出一个淫佚的君王的轶事的一幕而已。底下的一则，事虽略觉滑稽，却很带着人道主义的精神。

长山王进士蚪生为令时，每听讼，按律之轻重，罚令纳蝶自赎。堂上千百齐放，如风飘碎锦；王乃拍案大笑。一夜，梦一女子衣裳华好，从容而入曰："遭君虐政，姊妹多物故，当使君先受风流之小谴耳。"言已，化为蝶，回翔而去。明日，方独酌署中，忽报直指使至，皇遽而去。闺中戏以素花簪冠上，忘除之，直指见之，以为不恭，大受斥骂而返。由是罚蝶令遂止。（见《聊斋志异》卷十五）

（原载于1925年7月10日《小说日报》第16卷第7号）

阅读心得

古代文学经历了数千年的发展演变，它所使用的意象所附属的含义也随之变化。就像本文中的"蝴蝶"，它所象征的事物随着文学史的发展不断丰富，产生了梦境、爱情、魂灵、意识等不同象征含义，这是文学创作者灵感创造的结果。

中国人善用意象表达情感。自古以来，文学作品中的意象就不单纯指代事物，而是带有作者的主观情感。这样的写作方式最早可以追溯到《诗经》。我们都知道，"赋、比、兴"是《诗经》的最重要的写作手法，有时候，起兴手法所使用的物象除了韵律上的作用以外，还与诗歌的主旨相关。而后世的文学则延续并发展了这种物象的特殊用法。

写作借鉴

本文为了将观点表述得清楚完整，列举了丰富的例证，不仅方便理解，也给文章增添了趣味性。不论何种文章，人们都不爱看枯燥的说理，而恰当例子的使用，可赋予文章吸引力。本文作者博古通今，使用了大量来自不同年代甚至不同国家的文本片段来说明观点，我们虽不及作者，却也可尝试着在写作中使用举例子的手法。有时候，几个简单的小事例就能使文章大放异彩。

向光明走去

第二编

向光明走去

名师导读...

假如你长久地处于黑暗，假如你在暗夜里踽踽独行，你还会相信光明的存在吗？我们是否一直都能相信光明呢？这篇文章或许可以给你一些启发。

【暗喻】

将贼和恶人与鸥、蝙蝠和狐并列，暗中将前者比作了后者，生动地表现了这类人的可恶。

【对比】

将阴天与晴天时人们的反应放在一起对比，突出人们对于光明的向往。

谁都喜爱光明的。虽然也许有些人和动物常要躲在黑暗之中，以便实行他们的阴险计划的，但那是贼，是恶人，是鸥，是蝙蝠，是狐。凡是人，是正直的人或物，总是喜爱光明，总是要向光明走去的。

黑漆漆的夜，独自走在路上，一点的星光、月光、灯光都没有，我们心里真有些怕。夏天的暴雨之前，天都乌黑了，无论孩子大人，心里也总多少有些凛凛然的，好像天空要有什么异样的变动。山寺的幽斋中，接连地落了几天的雨，天空是那样的灰暗，谁都要感到些凄楚之意。

但是太阳终于来了。接着夜而来的是白昼，接着暴雨而来的是晴光，接着灰暗之天空的是蔚蓝色的天空。那时，不知不觉地会有一阵慰安快乐的感觉，渗入每个人的心里，会有一种勇往活泼的精神，笼罩在每个人的脸上。

在黑暗中走着的人，在夏雨中的人，在灰暗的天空之下的人，总要相信光明的必定到来。因为继于夜之后的一定是白昼。夜来了，白昼必定不远的。继于阴雨之后的，一定是阳光之天。雨来了，太阳必定是已躲在雨云之后的。

那些只相信有阴雨之天、只相信有夜的人，且让他们去。我们是相信着白昼，相信着阳光之必定到来的。

现在，我们是什么样的时代呢？我猜一定不会错，每个人一听到这句问话，都必定要皱着眉头，在心里叹着气答道："黑暗时代！"

是的，是的，现在是黑暗时代。

政治上，社会上，国际上，家庭上，有多少浓厚的阴影罩着！且不必多说，这许多，许多黑暗的事实，一时也诉说不尽。

但是"光明"已躲在这些"黑暗"之后了！我们要相信光明一定会到来。我们不仅相信，我们还要迎着光明走去！譬如黑夜独行，坐在路旁等天亮，那是很可羞；如果惧怕黑夜而躲进小岩洞或小屋之内，那更是可耻。

我们相信光明必定会到来，我们迎上去，我们向着它走去！

在黑夜里，踽踽地走着，到了天亮时，我们走到目的地了，那是多么快慰的事呀！

那些见黑暗而惧怕，而失望的，让他们永躲在

【排比】

列举了三种情形下的人，表达了不论身处何种苦难境地都要相信光明必将到来的乐观。

【反复】

重复说"是的"一句，语气威衰，表现了作者对于所处时代现状的清醒认识。

【讽刺】

通过对两种人对光明的态度的批判，表明了光明是等不来的，黑夜是躲不过去的，表达了作者勇于面对黑暗、主动迎接光明的强烈呼吁。

黑暗中吧;那些只相信有黑暗而不相信有光明的,也让他们生活于黑暗之洞里吧。我们如果是相信"光明"的,我们便要鼓足了勇气,不怖不懈,向着光明走去。

我们不彷徨,我们不回顾。人类是永续不断的一条线,人间社会是永续不断的努力的结果。我们虽住在黑暗之中,我们应努力在黑暗中进行,但也许我们自身,是见不到光明的。人类全体永续不断地向着光明走去,光明是终于会到来的。

走去,走去,向着光明走去。

光明终于是要到来的!

1926 年 5 月 22 日

(原载于 1926 年 5 月 30 日《文学周报》第 227 期)

【比喻】
　　将人类历史比作永续不断的一条线,生动形象地表达了追求光明是人类不变的追求。

阅读心得

　　作者通过这篇文章告诉我们,光明是永远存在的,只不过有时候它把自己隐藏在黑暗的背后。如果你正在暗夜里独行,请不要抛弃心中的那份信念,你要相信,黎明的曙光即将到来,背起行囊继续前行吧,只要再走一步,或许就能被它照亮双眼。

写作借鉴

　　本文使用了大量的比拟和类比,黑暗、阴雨等代表着时代的晦暗,而光明、晴天则象征着美好的未来。作者用这样的词语来代替现实中具体的现象,表达曲折隐晦,引人思考,值得学习借鉴。

山中的历日

名师导读····

　　逃脱尘嚣的束缚，这是多少人梦寐以求的事情，可是在如此接近自然的环境下，是否还能做到规律地生活呢？让我们来看看作者怎么说。

　　"山中无历日。"这是一句古话，然而我在山中却把历日记得很清楚。我向来不记日记，但在山上却有一本日记，每日都有二三行的东西写在上面。自七月二十三日，第一日在山上醒来时起，直到了最后的一日早晨，即八月二十一日，下山时止，无一日不记。恰恰地在山上三十日，不多也不少，预定的要做的工作，在这三十日之内，也差不多都已做完。

　　当我离开上海时，一个朋友问我："什么时候可以回来？"

　　"一个月。"我答道。真的，不多也不少，恰是一个月。有一天，一个朋友写信来问我道："你一天的生活如何呢？我们只见你一天一卷的原稿寄到上海来，没有一个人不惊诧而且佩服的。上海是那样地热呀，我们一行字也不能写呢。"

　　我正要把我的山上生活告诉他们呢。

　　在我的二十几年的生活中，没有像如今的守着有规则的生活，也没有像如今的努力地工作着的。

　　第一晚，当我到了山时，已经不早了，滴翠轩一点灯火也没有。

我问心南先生道："怎么黑漆漆的不点灯？"

"在山上。我们已成了习惯。天色一亮就起来，天色一黑就去睡，我起初也不惯，现在却惯了。到了那时，自然而然地会起来，自然而然地会去睡。今夜，因为同家母谈话，睡得迟些，不然，这时早已入梦了。家中人，除了我们二人外，他们都早已熟睡了。"心南先生说。

我有些惊诧，却不大相信。更不相信在上海起迟眠迟的我，会服从了这个山中的习惯。

然而到了第二天绝早，心南先生却照常地起身。我这一夜是和他暂时一房同睡的，也不由得不起来，不由得不跟了他一同起身。"还早呢，还只有六点钟。"我看了表说。

"已经是太晚了。"他说。果然，廊前太阳光已经照得满墙满地了。

这是第一次，我倚了绿色的栏杆——后来改漆为红色的，却更有些诗意了——去看山景。没有奇石，也没有悬岩，全山都是碧绿色的竹林和红瓦黑瓦的洋房子。山形是太平行了。然而向东望去，却可看见山下的原野。一座一座的小山，都在我们的足下，一畦一畦的绿田，也都在我们的足下。几缕的炊烟，由田间升起，在空中袅袅地飘着，我们知道那里是有几家农户了，虽然看不见他们。空中是停着几片的浮云。太阳照在上面。那云影倒映在山峰间，明显地可以看见。

"也还不坏呢，这山的景色。"我说。

"在起了云时，漫山的都是云，有的在楼前，有的在足下，有时浑不见对面的东西，有时，诸山只露出峰尖，如在海中的孤岛，这简直可称为云海,那才有趣呢。我到了山时,只见了两次这样的奇景。"心南先生说。

这一天真是忙碌,下山到了铁路饭店,去接梦旦先生他们上山来。下午,又东跑跑,西跑跑。太阳把山径晒得滚热的,它又张了大眼向下望着,头上是好像一把火的伞。只好在邻近竹径中走走就回来了。

在山上,雨是不预约就要落下来的,看它天气还好好的,一瞬间,却已乌云蔽了楼檐,沙沙的一阵大雨来了。不久,眼望着这块大乌云向东驶去。东边的山与田野却现出阴郁的样子,这里却又是太阳光满满地照着了。

"伞在山上倒是必要的;晴天可以挡太阳,下雨的时候可以挡雨。"我说。

这一阵雨过去后,天气是凉爽得多了,我便又独自由竹林间的一条小山径,寻路到瀑布去。山径还不湿滑,因为一则沿路都是枯落的竹叶躺着,二则泥土太干。雨又下得不久。山径不算不峻峭,却异常地好走。足踏在干竹叶上。柔柔的如履铺了棉花的地板,手攀着密集的竹竿,一竿一竿地递扶着,如扶着栏杆,任怎么峻峭的路,都不会有倾跌的危险。

莫干山有两个瀑布,一个是在这边山下,一个是碧坞。碧坞太远了,听说路也很险。走过去,要经过一条只有一尺多阔的栈道。一面是绝壁,一面是十余丈深的山溪,轿子是不能走过的,只好把轿子中途弃了,两个轿夫牵着游客的双手,一前一后地把他送过去。去年,有几个朋友到那里去游,却只有几个最勇敢的这样地走了过去,还有几个却终于与轿子一同停留在栈道的这边,不敢过去了。这边的山下瀑布，路途却较为好走，又没有碧坞那么远，所以我便渴于要先去看看——虽然他们都要休息一下，不大高兴走。

瀑布的气势是那么样的伟大，瀑布的景色是那么样地壮美：那么多的清泉，由高山石上，倾倒而下，水声如雷似的，水珠溅得远远的，只要闭眼一想象，便知它是如何地可迷人呀！我少时曾和数十个同学们一同旅行到南雁荡山。那边的瀑布真不少，也真不小。老远的老远的，便看见一道道的白练布由山顶挂了下来，却总是没有走到。经过了柔湿的田道，经过了繁盛的村庄，爬上了几层的山，方才到了小龙湫。那时是初春，还穿着棉衣。长途的跋涉，使我们都气喘汗流。但到了瀑布之下，立在一块远隔丈余的石上时，细细的水珠却溅得你满脸满身都是，阴凉的，阴凉的，立刻使你一点的热感都没有了；虽穿了棉衣，还觉得冷呢。面前是万斛的清泉，不休地只向下倾注，那景色是无比地美好，那清而宏大的水声，也是无比地美好。这使我到如今还记念着，这使我格外地喜爱瀑布与有瀑布的山。十余年来，总在北京与上海两处徘徊着，不仅没有见什么大瀑布，便连山的影子也不大看得见。这一次之到莫干山，小半的原因，因为那山那有瀑布。

山径不大好走，时而石级，时而泥径，有时，且要在荒草中去寻路。亏得一路上溪声潺潺的。沿了这溪走，我想总不会走得错的。后来，终于是走到了。但那水声并不大，立近了，那水珠也不会飞溅到脸上身上来。高虽有二丈多高，阔却只有两个人身的阔。那么样萎靡的瀑布，真使我有些失望，然而这总算是瀑布。万山静悄悄的，连鸟声也没有，只有几张照相的色纸，落在地上，表示曾有人来过。在这瀑布下流连了一会,脱了衣服,洗了一个身,濯了一会足,便仍旧穿便衣,与它告别了。却并不怎么样地惜别。

刚从林径中上来,便看见他们正在门口,打算到外面走走。

"你去不去?"擘黄问我。

"到哪里去?"我问道。

"随便走走。"

我还有余力,便跟了他们同去。经过了游泳池,个个人喧笑地在那里泅水,大都是碧眼黄发的人,他们是最会享用这种公共场所的。池旁,列了许多座位,预备给看的人坐,看的人真也不少。沿着这条山径,到了新会堂,图书馆和幼稚园都在那里。一大群的人正从那里散出,也大都是碧眼黄发的人。沿着山边的一条路走去,便是球场了。球场的规模并不小,难得在山边会辟出这么大的一个地方。场边有许多石级凸出,预备给人坐,那边贴了不少布告,有一张说:"如果山岩崩坏了,发生了什么意外之事,避暑会是不负责的。"我们看那山边,围了不少层的围墙,很坚固,很坚固,哪里会有什么崩坏的事,然而他们却要预防着。在快活地打着球的,也都是碧眼黄发的人。

梦旦先生他们坐在亭上看打球,我们却上了山脊。在这山脊上缓缓地走着,太阳已将西沉,把那无力的金光亲切地抚摩我们的脸。并不大的凉风,吹拂在我们的身上,有种说不出的舒适之感。我们在那里,望见了塔山。

心南先生说:"那是塔山,有一个亭子的,算是莫干山最高的山了。"望过去很远,很远。

晚上,风很大。半夜醒来,只听见廊外呼呼地啸号着,仿佛整座楼房连基底都要为它所摇撼。

山中的风常是这样的。

这是在山中的第一天。第二天也没有做事。到了第三天，却清早的起来，六点钟时，便动手做工。八时吃早餐，看报，看来信，邮差正在那时来。九时再做，直到了十二时。下午，又开始写东西，直到了四时。那时，却要出门到山上走走了。却只在近处，并不到远处去。天未黑便吃了饭。随意闲谈着。到了八时，却各自进了房。有时还看看书，有时却即去睡了。一个月来，几乎天天是如此。

下午四时后，如不出去游山，便是最好的看书时间了。

山中的历日便是如此。我从来没有过着这样的有规则地生活过！

阅读心得

有时候逃离尘世，在这样宁谧安然的地方居住，也不失为一件惬意的事。不仅有美景可以陶冶性情，还有清新空气使人心绪安宁，让人心驰神往！我们习惯了尘世的喧闹，有时会忘记世界上还有这样安静美好的地方存在，有时又没有足够的条件去切身接触自然，但是我们可以在作者引人入胜的描绘中感受自然。

写作借鉴

本文在景物的描写上，采用了移步换景的写作手法。通过作者一行人的游览路线串联起一系列景物，逻辑清晰，景物之间的组合十分协调，我们在写作中也可尝试运用。

月夜之话

📖 名师导读 . . .

　　在洒满银光的夜里，周围的一切都笼罩在一片朦胧中，在这样美妙的夜晚，你会与朋友畅谈，还是默默陶醉其中？

　　是在山中的第三夜了。月色是皎洁无比，看着她渐渐地由东方升了起来。蝉声"叽——叽——叽——"的曼长地叫着，岭下涧水潺潺的流声，隐略地可以听见，此外，便什么声音都没有了。月如银的圆盘般大，静定地挂在晚天中，星没有几颗，疏朗朗地间缀于蓝天中，如美人身上披的蓝天鹅绒的晚衣，缀了几颗不规则的宝石。大家都把自己的摇椅移到东廊上坐着。

　　初升的月，如水银似的白，把她的光笼罩在一切的东西上；柱影与人影，粗黑的向西边的地上倒映着。山呀，田地呀，树林呀，对面的许多所的屋呀，都朦朦胧胧的不大看得清楚，正如我们初从倦眠中醒了来，睁开了眼去看四周的东西，还如在渺茫梦境中似的；又如把这东西都幕上了一层轻巧的细密的冰纱，它们在纱外望着，只能隐约地看见它们的轮廓；又如春雨连朝，天色昏暗，极细极细的雨丝，随风飘拂着，我们立在红楼上，由这些蒙雨织成的帘中向外望着。那么样地静美，那么样柔秀的融和的情调，真非身临其境的人不能说得出的。

　　"那么好的月呀！"擘黄先生赞赏似的叹美着。

　　同浴于这个明明的月光中的,还有梦旦先生和心南先生。静悄悄的,各人都随意地躺在他的摇椅上,各自在默想他的崇高的思绪,也不知道有多少秒、多少分、多少刻的时间是过去了,红栏杆外是月光、蝉声与溪声,红栏杆内是月光照浴着的几个静思的人。

　　　月光光,

　　　照河塘,

　　　骑竹马,

　　　过横塘。

　　　横塘水深不得过,

　　　娘子牵船来接郎。

　　　问郎长,问郎短,

　　　问郎此去何时返。

　　心南先生的女公子依真跳跃着地由西边跑了出来,嘴里这样的唱着。那清脆的歌声漫溢于朦胧的空中,如一塘静水中起了一个水沤似的,立刻一圈一圈地扩大到全个塘面。

　　"这是各处都有的儿歌,辜鸿铭曾选入他的《幼学弦歌》中。"梦旦先生说。他真是一个健谈的人,又恳挚,又多见闻,凡是听过他的话的人,总不肯半途走了开去。

　　"福州还有一首大家都知道的民歌,也是以月亮为背景的,真是不坏。"梦旦先生接着说;于是他便背诵出了这一首歌。

　　原文:

　　　共哥相约月出来,

　　　怎样月出哥未来?

没是奴家月出早？

没是哥家月出迟？

不论月出早与迟，

恐怕我哥未肯来。

当日我哥未娶嫂，

三十无月哥也来。

译文：

与他相约月出来，

怎么月出来了他还未来？

莫不是我家月出得早？

莫不是他家月出得迟？

不论月出早与迟，

只怕他是不肯来了吧！

当日他没有娶妻时，

没有月的三十夜也还来呢。

这首歌的又真挚又曲折的情绪，立刻把大家捉住了。像那么好的情歌，真不多见。

"我真想把它抄录了下来呢！"我说。于是梦旦先生又逐句地背念了一遍，我便录了下来。

"大约是又成了《山中通信》的资料吧。"擘黄先生笑着说道，他今天刚看见我写着《山中通信》。

"也许是的，但这样的好词，不写了下来，未免太可惜了。"

"我也有一个，索性你再写了吧。"擘黄说。

我端正了笔等着他。

> 七月七夕鹊填桥，
> 牛郎织女渡天河。
> 人人都说神仙好，
> 一年一度算什么！

"最后一句真好，凡是咏七夕的诗，恐怕不见得有那样透澈的口气吧。可见民歌好的不少，只在自己去搜集而已。"擘黄说。

大家的话匣子一开，沉静的气氛立刻打破了，每个人都高高兴兴地谈着唱着，浑忘了皎洁月光与其他一切。月已升得很高，倒向西边的柱影，已渐渐地短了。

梦旦先生道："还有一首歌，你们听人说过没有？"

> "采蘋你去问秋英，
> 怎么姑爷跌满身？"
> "他说：'相公家里回，
> 也无火把也无灯。'"
>
> "既无火把也要灯！
> 他说相公家里回，
> 怎么姑爷跌满身？
> 采蘋你去问秋英！"

"是的，听见过的，"擘黄说，"但其层次与说话之语气颇不易分得出明白。"

"大约是小姐见姑爷夜间回来，跌了一身的泥，不由得起了疑心，便叫丫头采蘋去问跟班秋英。采蘋回到小姐那里，转述秋英的话，相公之所以跌得一身泥者，因由家里回来，夜色黑漆漆的，又无火把又无灯笼也。第二首完全是小姐的话，她的疑心还未释，相公既由家回，如无火把也要有灯，怎么会跌得一身泥？于是再叫采蘋去问秋英。虽然是如连环诗似的二首，前后的意思却很不同。每个人的口气也都逼真地像。"梦旦先生说。

经了这样一解释，这首诗，真的也成了一首名作了。

> 真鸟仔，
>
> 啄瓦檐，
>
> 奴哥无"母"这数年。
>
> 看见街上人讨"母"，
>
> 奴哥目泪挂目檐。
>
> 有的有，没有没，
>
> 有人老婆连小婆！
>
> 只愿天下作大水，
>
> 流来流去齐齐没。

这一首也是这一夜采得的好诗，但恐非"非福州人"所能了解。所谓"真鸟仔"者，即小麻雀也。"母"者，即女子也，即所谓公母之"母"是也。"奴哥"者，擘黄以为是他人称他的，我则以为是自称的口气。兹译之如下：

> 小小的麻雀儿，
>
> 在瓦檐前啄着，啄着，
>
> 我是这许多年还没有妻呀！

看见街上人家闹洋洋地娶亲，

我不由得双泪挂眼边。

有的有，没有的没有，

有的人，有了妻，却还要小老婆。

但愿意天下起了大水，

流来流去，使大家一齐都没有。

这个译文，意思未见得错，音调的美却完全没有了。所以要保存民歌的绝对的美，似非用方言写出来不可。

这一夜，是在山上说得最舒畅的一夜，直到了大家都微微地呵欠着，方才散了，各进房门去睡了。第二夜，月光也不坏。我却忙着写稿子；再一夜，天色却不佳，梦旦先生和擘黄又忙着收拾行囊；预备第二天一早下山。像这样舒畅的夜谈，却终于只有这一夜，这一夜呀！

1926 年 9 月 14 日

（原载于 1927 年开明书店版《山中杂记》）

阅读心得

皎洁的月色让人沉醉，作者在这样的一个夜晚与好友闲谈。在聊天中，好友无意说出有关"月"的民间歌谣，一下子勾起了作者的兴趣，他们就民歌的话题畅谈了一晚。

写作借鉴

本文写了作者与几位好友的对话，他对好歌好诗的随手做记录的行为，表现了作者热爱搜集民间文学、对文学有浓厚喜爱的性格特点。散文强调形散而神不散，在进行散文写作时，要有一个中心点，使各种语句为表现主旨服务，而不能随意书写。

离　别

一

别了，我爱的中国，我全心爱着的中国。当我倚在高高的船栏上，见着船渐渐地离岸了，船与岸间的水面渐渐地阔了，见着许多亲友挥着白巾，挥着帽子，挥着手，说着 Adieu, Adieu！听着鞭炮噼噼啪啪地响着，水兵们高呼着向岸上的同伴告别时，我的眼眶是润湿了，我自知我的泪点已经滴在眼镜面了，镜面是模糊了，我有一种说不出的感动！

船慢慢地向前驶着，沿途见了停着的好几只灰色的白色的军舰。不，那不是悬着青天白日满地红的国旗的，它们的旗帜是"红日"，是"蓝白红"，是"红蓝条交叉着"的联合旗，是有"星点红条"的旗！

两岸是黄土和青草，再过去是两条的青痕，再过去是地平上的几座小岛山，海水满盈盈地照在夕阳之卜，浪涛如顽皮的小童似的跳跃不定。水面上呈现出一片的金光。

别了，我爱的中国，我全心爱着的中国！

我不忍离了中国而去，更不忍在这大时代中放弃每人应做的工作而去，抛弃了许多亲爱的勇士们在后面，他们是正用他们的血建造着新的中国，正在以纯挚的热诚，争斗着，奋击着。我这样不负责任地离开了中国，我真是一个罪人！

然而我终将在这大时代中工作着的，我终将为中国而努力，而呈献了我的身，我的心；我别了中国，为的是求更好的经验，求更好的奋斗的工具。暂别了，暂别了。在各方面争斗着的勇士们，我不久即将以更勇猛的力量加入你们当中了。

当我归来时，我希望这些悬着"红日"的、"蓝白红"的、有"星点红条"的、"红蓝条交叉着"的一切旗帜的白色灰色的军舰都已不见了，代替它们的是我们的可喜爱的悬着我们的旗帜的伟大舰队。

如果它们那时还没有退去中国海，还没有为我们所消灭，那么，来，勇士们！我将加入你们的队中，以更勇猛的力量，去压迫它们，去毁灭它们！

这是我的誓言！

别了，我爱的中国，我全心爱着的中国！

二

别了，我最爱的祖母、母亲、妹妹以及一切亲友们！我没有想到我动身得那么匆促。我决定动身，是在行期前的七天；跑去告诉祖母和许多亲友们，是在行期前的五天。我想我们的别离至多不过是两年、三年，然而我心里总有一种离愁堆积着。两三年的时光，在上海住着是如燕子疾飞似的匆匆滑过去了，然而在孤身栖止于海外的游子看来，是如何漫长的一个时间呀！在倚闾而望游子归来的祖母、母亲们和数年来终日聚首的爱友们看来，又是如何漫长的一个时期呀！祖母在半年来，身体又渐渐地回复康健了，精神也很好，所以我敢于安心远游。要在半年前，我真的不忍与她相别呢！然而当她听见我要远别的消息时，她口里不说什么，还很高兴地鼓励着我，要我保重自己的身体，在外不像在家，没有人细心照应了，饮食要小心，被服要盖得好些，落在床下是不会有人来拾起了；又再三叮嘱着我，能够早回，便早些回来。她这些话是安舒地慈爱地说着的，然而在她慢缓的语声中，在她微蹙的眉尖上，我已看出她是满孕着难告的苦闷与别意。不忍与她的孩子离别，而又不忍阻挡他的前进，这其间是如何的踌躇苦恼、不安！人非铁石，谁不觉此！第二天，第三天，她的筋痛的旧病，便又微微地发作了。这是谁的罪过！行期前一天的晚上，我去向她告别；勉强装出高兴的样子，要逗引开她的忧怀别绪；她也勉强装着并不难过的样子，这还不是她也怕我伤心吗？在强装的笑容间，我看出万难遮盖的伤别的阴影。她强忍着呢！以全力忍着呢！母亲也是如此，假定她们是哭了，我一定要弃了我离国的决心，一定的！这夜临别时，我告诉她们说，第二天还要来一次。但是，不，第二天，我决不敢再去向她们告别了。我真怕摇动了我的离国的决心！我宁愿负一次说谎的罪，我宁愿负一次不去拜别的罪！

岳父是真希望我有所成就的，他对于我的离国，用全力来赞助。他老人家仆仆地在路上跑，为了我的事，不知有几次了！托人，找人帮忙，换钱……都是他在忙着。我不知将如何说感谢的话好！然而临别时，他也不免有戚意。我看他扶着箴，在太阳光中忙乱的码头上站着，挥着手，我真的感动得说不出话来。

许多朋友，亲戚……他们都给我以在我预想以上之帮忙与亲切的感觉，这使我更不忍于离别了！

果然如此地轻于言离别，而又在外游荡着，一无成就，将如何地伤了祖母、母亲、岳父以及一切亲友的心呢！

别了，我最爱的祖母以及一切亲友们！

三

当我与岳父同车到商务去时，我首先告诉他我将于二十一日动身了。归家时，我将这话第二次告诉给箴，她还以为我是与她开开玩笑的。

"哪里的话！真的要这么快就动身吗？"

"哪一个骗你，自然是真的，因为有同伴。"

她还不信，摇摇头道："等爸爸回来问他看。你的话不能信。"

岳父回家，她真的去问了。

"哪里会假的；振铎一定要动身了，只有六七天工夫，快去预备行装！"他微笑地说着。

箴有些愕然了："爸爸也骗我！"

"并没有骗你，是一点不假的事。"他正经地说道。

她不响了，显然的心上罩了一层殷浓的苦闷。

"铎，你为什么这样快动身？再等几时，八月间再走不好吗？"箴的话有些生涩，不如刚才的轻快了。

一天天地过去,我们俩除同出去置办行装外,相聚的时候很少。我每天还去办公,因为有许多事要结束。

每个黄昏,每个清晨,她都以同一的凄声向我说道:"铎,不要走了吧!"

"等到八月间再走不好吗?"

我踌躇着,我不能下一个决心,我真的时时刻刻想不走。去年我们俩一天的相离,已经不可忍受了,何况如今是两三年的相别呢?

我真的不想走!

"泪眼相见,觉无语幽咽。"在别前的三四天已经是如此了。每天的早餐,我都咽不下去,心上似有千百重的铅块压着,说不出的难过。当护照没有签好字时,箴暗暗地希望着英、法领事拒绝签字,于是我可以不走了。我也竟是如此地暗暗地希望着。

当许多朋友请我们钱别宴上,我曾笑对他们说道:"假定我不走呢,吃了这一顿饭要不要奉还?"这不是一句笑话,我是真的这样想呢。即在整理行装时,我还时时地这样暗念着:姑且整理整理,也许去不成。

然而护照终于签了字,终于要于第二天动身了。

只有动身的那一天早晨,我们俩是始终地聚首着。我们同倚在沙发上。有千万语要说,却一句也都说不出,只是默默地相对。

箴鸣咽地哭了,我眼眶中也装满了热泪。谁能吃得下午饭呢!

码头上,握了手后,我便上船了。船上催送客者回去的铃声已经丁丁地摇着了。我倚在船栏上,她站在岳父身边,暗暗地在拭泪。中间隔的是几丈的空间,竟不能再一握手,再一谈话。此情此景,将何以堪! 最后,岳父怕她太伤心了,便领了她先去。那临别的一瞬,她已经不能再有所表示了,连手也不能挥送,只慢慢地走出码头,她的手握着白巾,在眼眶边不停地拭着。我看着她的黄色衣服,她的背影,渐渐地远了,消失在过道中了!

"黯然魂销者唯别而已矣!"

Adieu! Adieu!

希望几个月之后———不敢望几天或几十天,在国外再有一次"不速之客"的经历。

"别离",那真不是容易说的!

(原载于1932年新中国书局版《海燕》集)

阅读心得

人们最害怕的场景,往往就是离别。作者即将离开祖国,孤身前往他乡,他舍不得自己的父母,舍不得妻子,也舍不得这片土地,可是他不得不去。出去,是为了更好地回来,作者决心前往国外求学,以拯救满目疮痍的神州大地,这种精神值得敬佩。

在别离之际,作者除了有离开亲人的难过,还有着对祖国深深的期望,他是多么渴望中国能够站起来啊!

写作借鉴

这篇文章情感浓厚,除了直接抒情以外,作者还大笔墨描写了自己与亲人告别时的场景,细腻生动,让人动容。

我们在表达情感时,不一定每次都要直抒胸臆,还可以将自己的情感隐藏在对事件的描写中,这样会更容易打动人心。

暮影笼罩了一切

📖 名师导读....

　　"孤岛时期"，上海沦陷，而上海的租界内还未受到日军控制，如同一座孤岛，这很明显是一个危险之地，而作者在此时却不愿离开。让我们去文中寻找他不愿离开的答案吧。

　　"四行孤军"的最后枪声停止了。临风飘荡的国旗，在群众的黯然神伤的凄视里，落了下来。有低低的饮泣声。

　　但不是绝望，不是降伏，不是灰心，而是更坚定的抵抗与牺牲的开始。

　　苏州河畔的人渐渐地散去，灰红色的火焰还可瞭望得到。

　　血似的太阳向西方沉下去。

　　暮色开始笼罩了一切。

　　是群鬼出现、百怪跳梁的时候。

　　没有月，没有星，天上没有一点的光亮。黑暗渐渐地统治了一切。

　　我带着异样的心，铅似的重，钢似的硬，急忙忙地赶回家，整理着必要的行装，焚毁了有关的友人们的地址簿，把铅笔纵横写在电话机旁墙上的电话号码，用水和抹布洗去。也许会有什么事要发生，准备着随时离开家，先把日记和有关的文稿托人寄存到一位朋友家里去。

小箴已经有些懂事，总是依恋在身边。睡在摇篮里的倍倍，却还是懵懵懂懂的。看望着他们，心里浮上了一缕凄楚之感。生活也许立刻便要发生问题。

但挺直着身体，仰着头，预想着许多最坏的结果，坚定地做着应付的打算。

下午，文化界救亡协会有重要的决议，成为分散的地下的工作机关。《救亡日报》停刊了。一部分的友人们开始向内地或香港撤退。他们开始称上海为"孤岛"，但我一时还不想离开这"孤岛"。

夜里，我手提着一个小提箱，到章民表叔家里去借住。温情的招待，使我感到人世间的暖热可爱。在这样彷徨若无所归的一个时间，格外地觉到"人"的同情的伟大与"人间"的可爱可恋。个个人都是可亲的、无心机地、兄弟般地友爱着，互助着，照顾着。他们忘记了将临的危险与恐怖，只是热忱地容留着，招待着，只有比平时更亲切，更关心。

白天，依然到学校里授课，没有一分钟停顿过讲授。学生们在炸弹落在附近时，都镇定地坐着听讲；教授们在炸声轰隆、门窗"咯咯"作响时，曾因听不见语声而暂时停讲半分数秒，但炸声一息，便又开讲下去。这时，师生们也格外地亲近了，互相关心着安全。他们谈说着我们的"马其诺防线"的可靠，信任着我们的军官与士兵。种种的谣传都像冰在火上似的消融无踪。可爱的青年们是坚定的，没有凄惋，没有悲伤，只是坚定地走着应走的路。有的，走了，从军或随军做着宣传的工作。不走的，更热心地在做着功课，或做着地下的工作。他们不知恐怖，不怕艰苦，虽然恐怖与艰苦正在前面等待着他们。教员休息室里的议论比较复杂，但没有一句"必败论"的见解听得到。

后来,"马其诺防线"的防守,证明不可靠了;南京被攻下,大屠杀在进行。"马当"的防线也被冲破了。但一般人都还没有悲观,"信仰"维持着"最后胜利"的希望,"民族意识"坚定着抵抗与牺牲的决心。

同时,狐兔与魍魉们却更横行着。"大道市政府"成立,"维新政府"成立。暗杀与逮捕,时时发生。"苏州河北"成了恐怖的恶魔的世界。"过桥"是一个最耻辱的名词。

汉奸们渐渐地在"孤岛"似的桥南活动着,被杀与杀人。有一个记者,被杀了之后,头颅公开地挂在电竿上示众。有许多人不知怎样的失了踪。

极小的一部分知识分子动摇了。

学生们常常来告密,某某教员有问题,某某人很可疑。但我还天真地不信赖这些"谣言"。在整个民族做着生死决战的时期,难道知识分子还会动摇变节么?这简直是不可思议的"盲猜"与"瞎想"。

但事实证明了他们情报的真确不假。

有一个早上,与董修甲相遇,我在骂汉奸,他也附和着。但第二天,他便不来上课了。再过了几天,在报上知道他已做了伪官。

张素民也总是每天见面,每天附和着我的意见,但不久,也便销声匿迹,之后,也便公开地做了什么"官"了。

还有一个张某和陈柱,因受伪方的津贴,这事,我也不相信。但到了陈柱(这个满嘴的"威武不能屈,富贵不能淫"的东西)"走马上任",张某被友人且劝且迫地到了香港发表"自首文"时,我也才觉得自己是被骗受欺了。

可怕的"天真"与对于知识分子的过分看重啊!

学生里面也出现"奸党"。好在他们都是"走马上任"去的,不屑在学校里活动;也不敢公开地宣传什么,或有什么危害。他们总不免有些"内愧"。学校里面依然是慷慨激昂地我行我素。

虽然是两迁三迁的,校址天天地缩小,但精神却很好;很亲切,很温暖,很愉快。

青年们还在举行"座谈会"什么的,也出版了些文艺刊物;还做着民众文艺的运动,办着平民夜校。和平时没有什么不同,只不过多带着些警觉性。可爱与骄傲,信仰与决心,交织成了这一时期的青年们活动的趋向。

我还每夜都住在外面。有时候也到古书店里去跑跑。偶然的也挟了一包书回来。借榻的小室里,书又渐渐地多起来。生活和平常差不了多少,只是十分小心地警觉着戒备着。

有一天到了中国书店,那乱糟糟的情形依样如旧。但伙计们告诉我:日本人来过了,要搜查《救亡日报》的人;但一无所得。《救亡日报》的若干合订本放在阴暗的后房里,所以他们没有觉察到。搜查时,汪馥泉恰好在那里。日本人问他是谁。他穿着一件蓝布长衫,头发长长的,长久不剪了,答道:"是伙计。"也真像一个古书店的伙计,才得幸免。以后,那一批"合订本"便由汪馥泉运到香港去。敌人的密探也不曾再到中国书店过,亏得那一天我没有在那里。

还有一天,我坐在中国书店,一个日本人和伙计们在闲谈,说要见见我和潘博山先生。这人是"清水",管文化工作的。一个伙计偷偷地问我道："要见他吗？"我连忙摇摇头。一面站起来，在书架上乱翻着，装作一个购书的人。这人走了后，我向伙计们说道："以后要有人问起我或问我地址的，一概回答不知道，或长久没有来了一类的话。"为了慎重，又到汉口路各肆嘱咐过。

我很感谢他们，在这悠久的八年里，他们没有替我泄露过一句话，虽然不时地有人去问他们。

隔了一个多月，好像没有什么意外的事会发生，我才再住到家里去。

夜一刻刻地黑下去。

有人在黑夜里坚定地守着岗位，做着地下的工作；多数的人则守着信仰在等待天亮。极少数的人在做着丧心病狂的为虎作伥的事。这战争打醒了久久埋伏在地的"民族意识"；也使民族败类毕现其原形。

（选自郑振铎《蛰居散记》上海出版公司 1951 年出版）

阅读心得

　　生活在"孤岛"，人人自危，不少人为求自保选择了投敌叛变，而作者却始终坚持着爱国信念，在思想上从未有过偏斜。在那样危险的地段，他们需要时刻保持警惕，必要的时候还要懂得伪装，这是很折磨人的事情，令人心生敬佩。

　　假使我生活在那样一个危险恐怖的年代，生活在那样一个危机四伏的"孤岛"，我是否能像作者这样的爱国人士一样保持镇定呢？我恐怕没有这样的心理素质。我们自小生活在亲人的呵护之下，如同温室里的花朵，一旦暴露在恶劣的环境中，很有可能就只有凋零的下场。因此，在读过这篇文章之后，我们也要思考,自己是否要一直生活在他人的保护之下? 一些技能的锻炼和性格的磨炼,是不是必要的呢?

我们生活在这样一个富足平安的和平年代,享受着安全的环境和丰富的资源,一定不能忘记先辈们为争取解放而进行的斗争,做一个热爱祖国、立志报国的人。这是先辈们用生命作代价争取来的,任何人都不能随意破坏和损害,任何危害社会的行为都将受到法律的制裁。

写作借鉴

整篇文章营造了一种沉闷紧张的气氛,这种氛围来源于作者对词语和句子的选择和把控。

例如:"临风飘荡的国旗,在群众的黯然神伤的凄视里,落了下来。有低低的饮泣声。"这一场景的描写灰暗而伤感,国旗的落下代表着一个城市的沦陷,"凄视""饮泣"等词语展现了群众的反应,表现了群众悲痛的心情。在首段便用这样的语句奠定了全文的基调。

再如:"没有月,没有星,天上没有一点的光亮。黑暗渐渐地统治了一切。"这句话是对夜色的描写,也是对时代状况的判断,悲哀的语调中透露出作者的复杂心绪。

类似的句子贯穿全文,对整体氛围的营造有重要作用。我们在写作时要注意文章整体氛围的设定,在选择语句时不可随便。比如,如果文章的整体风格偏活泼,则最好不要使用"灰暗"的词语,除非你想要利用这些词语情感色彩的冲突产生特殊讽刺效果。

轻歌妙舞送黄昏

——观印度卡玛拉姊妹的表演后作

📖 **名师导读** ...

　　舞蹈、音乐、戏剧……你是否有过近距离观看这些舞台艺术的经历呢？演员的一举一动构成了表演的全部，他们深厚的功底会将你的眼球牢牢抓住。阅读这篇文章，或许你会迫不及待地去认真观看一次舞蹈艺术。

　　假如有什么好书使你读了一次之后，还想再读两次三次的话，有什么风光明媚的山畔水涯，使你到过一次之后，还想再去两次三次的话，那么，那些好书或那些风景区的确是值得人们吟味和留恋的了，也就是古语所云"好书不厌百回读"之意。我看了印度婆罗多舞舞蹈家卡玛拉姊妹的表演就有这个感觉。我看了一次，又看了一次，但余味无穷，还想再看三次、四次，以至更多次，如果有可能的话。

　　那些场极高超的艺术的表演，是那么简朴，又是那么丰富多彩。舞台上着不得一丁点儿背景或道具什么的，几千只眼睛只集中在一位或两位的舞蹈者的身上，随着她或她们的一举手、一投足、一扬眉、一转眼的疾如脱兔、宛若游龙的细腻之至，却又是变化无端的动作而移转着，只恐怕疏忽了一个身段，漏掉了一个手势。她们的舞姿，是那么柔媚，却又是那么刚劲；柔若无骨，刚如利剑。也许只有一句话可以描述她们："百炼钢化为绕指柔。"不经过"百炼"，怎能如此地颈肩柔转，臂指圆融呢。卡玛拉女士的脸上表情是无穷无尽的，一会儿欢欢喜喜，一瞬间，又一变而为痛楚凄凉，又一变而为愤怒填胸，你简直有点赶不上她的变化。她的象牙色的十指，会表演出各式各样的姿态。在印度舞蹈艺术里手势的表演本来占很重要的地位。舞蹈家的十指尖尖，是会说出无穷尽的话语、无穷尽的情意来的。不仅如此，全身的各部分，特别是眉、眼、嘴、唇、面颊、颈、肩、臂、足，无不会说出各式各样的话语和情意的。卡玛拉女士的开合迅速的十指和眉、眼、颈、臂，是成功地而且优雅地达到了印度舞技的高峰了。见到她的一场舞蹈基本动作的表演。表演蜜蜂，仿佛就使观众像听到营营之声，渐飞渐近，绕着香花而转，而憩息了下来。表演双角岐嶷的牡鹿，就使我们见到它的确在惊奔着，双眼是那么恐怯。表演孔雀，就使我们觉得它是悠闲而高贵地在散步，在饮啄，在骄傲地张开锦色斑斓的尾屏。

卡玛拉姊妹是从印度的南部大海港马德拉斯来的。马德拉斯是保存着印度风趣最醇厚的地方，也是印度舞蹈艺术的重要宝库之一。卡玛拉姊妹的婆罗多舞和其他的好些舞蹈都是属于南方一派的。但那不是说，她们就不擅长别的舞蹈了。卡玛拉女士的北方卡塔克舞是那样地迷人。随着音乐的缓奏，手、足和眼、眉，逐渐舞开了。缓缓地挥着手，缓缓地转着足，铿锵悦耳的脚铃声，有节奏地响着，像天上彩虹似的百褶裙子，也有节奏地时张时合，眉眼之间仿佛含着无限的幽怨。突然地，舞步由缓而疾，乐声也急骤地变快了，表情也顿时紧张起来。手之舞之，足之蹈之，那姿态优美极了，就像一只五色缤纷的蝴蝶，在眼前飞翔着，就像彩色幻变不穷的虹霓在眼前闪耀着。看她那脸部的表情,也便是瞬息万变,和舞蹈的动作紧紧地结合无间,配合得奇妙可喜。

卡玛拉姊妹的每场舞蹈都给予我们以二小时以上的无上的欢愉与欣爱。没有一秒钟容许你转眼他顾。一下子疏忽,或偶然地没有全神贯注的话,便会失去了一段、一节最美妙的柔姿妙态。舞蹈者以整个的身心、整个的感情、整个的灵魂在舞台上舞着,观众们也必须打叠起全副精神来观看。粗心大意的人是不会充分地欣赏得到其细致优美的好处的,但即使是他们,也绝对不会无动于衷,不会不屏息宁神在观看着,而到了红幕垂下时才轻喟一口气的。

乐队只有四个人,一位吹笛,一位击鼓,一位击磬兼歌唱,一位是导演,有时也参加歌唱。人数虽不多,却配合得十分紧凑。假如我们能够听得懂那些歌词,定会更加感动的,但即使是不懂它们,而这场轻歌妙舞已足够使观众度过一个最有意义和最愉快的黄昏了。

印度这个伟大民族,正和中国民族似的,蕴蓄着的是多大的力量,多么繁赜、多么丰富多彩的文化艺术的遗产啊!是取之不竭、用之不尽的一个世界上最优秀艺术的源泉。

(原载于 1957 年 4 月 5 日《人民日报》)

阅读心得··

柔美、细腻、曼妙……在作者看来,这些词语都不足以形容卡玛拉姐妹的舞姿,她们的舞蹈中包含着无穷的情意,如同两只美丽的蝴蝶翩翩飞舞,让观众在欣赏完毕之后久久不能忘怀。大篇幅的描写足以看出作者对这段舞蹈的赞美和喜爱之情。

艺术能够给人带来审美体验,使人们在欣赏过程中得到精神的放松和心灵的陶冶,作者在观看舞蹈之后心潮澎湃、难以忘怀,正是由于这个原因。

不论从事什么行业的人,或许都应当接受一些艺术的熏陶,这表面上"无用"的活动对一个人的心态和人格都会产生积极的影响。

写作借鉴

在描写卡玛拉姐妹的舞姿时,作者使用了较多的比喻句。如"疾如脱兔、宛若游龙""柔若无骨,刚如利剑""像天上彩虹似的百褶裙子""就像一只五色缤纷的蝴蝶""就像彩色幻变不穷的虹霓在眼前闪耀着",等等,这些描写生动形象地展现了卡玛拉姐妹美丽多变的舞姿,其中渗透着作者浓浓的欣赏和喜爱之情。

使用比喻来描写舞姿,还能给读者一个暗示,那就是舞者的动作之美已经无法用寻常语言进行描摹,只能用美丽的东西去类比才勉强可以接近,这也是作者的匠心独运之处。

比喻是极为常见的修辞手法,但是如何让寻常的手法绽放出不寻常的光彩,需要我们细细琢磨。

第三编　我的邻居们

我的邻居们

名师导读...

国泰才能民安。个人的生活安稳与否与国家的命运息息相关。在那个动荡的年代，因为国家的贫弱，因为侵略者的蛮横，作者连正常的生活和出行都变得受阻。作者是如何将这种家国矛盾浓缩于邻里之间的冲突的呢？

【比喻】
将书籍数量的增加比作贫儿暴富，生动形象地写出了"我"对书的热爱。

【自然环境描写】
通过写垂柳、蛙鸣、鸟声，展现了春日生机勃勃的景象。

我刚刚从汶林路的一个朋友家里，迁居到现在住的地方时，觉得很高兴；因为有了两个房间，一作卧室，一作书室，显得宽敞得多了；二则，我的一部分的书籍，已经先行运到这里，可读可看的东西，顿时多了几十倍，有如贫儿暴富；不像在汶林路那里，全部的书，只有两只藤做的书架，而且还放不满。这个地方是上海最清静的住宅区。四周围都是蔬圃，时时可见农人们翻土、下肥、播种；种的是麦子、珍珠米、麻、棉、菠菜、卷心菜以至花生等等。有许多树林，垂柳尤多，春天的时候，柳絮在满天飞舞，在地上打滚，越滚越大。一下雨，处处都是蛙鸣。早上一起身，窗外的鸟声仿佛在喧闹。推开了窗，满眼的绿色。一大片的窗是朝南的，一大片的窗是朝东的；太阳光很早地便可以晒到。冬天不生火也不大嫌冷。我的书桌,放在南窗下面,总有整整的半天,是晒在太阳光下的。有时,看书看得久了,眼睛有点发花发黑。读倦了的时候,出去走走,总在田地上走,异常地冷僻,不怕遇见什么熟人。我很满足,很高兴地住着。

正门正对着一家巨厦的后门。那时,那所巨厦还空无人居,不知是谁的。四面的墙,特别地高,墙上装着铁丝网,且还通了电。究竟是谁住在那里呢?我常常在纳罕着。但也懒得去问人。

【细节描写】

高高的墙,墙上还装了通电的铁丝网,透露出一股神秘气息,引起作者的好奇心。

有一天早上,房东同我说,"到前面房子里去看看好吗?"

我和他们,还有几个孩子,一同进了那家的后门。管门人和我的房东有点认识,所以听任我们进去。一所英国的乡村别墅式的房子,外墙都用粗石砌成,但现在已被改造得不成样子。花园很大,也是英国式的,但也已部分地被改成日本式的。花草不少;还有一个小池塘,无水,颇显得小巧玲珑,但在小假山上却安置了好些廉价的磁鹅之类的东西,一望即知其为"暴发户"之作风。

【环境描写】

通过描写小池塘和小假山,反映出房屋主人的富庶,这是作者对房子的第一印象。

盆栽的紫藤,生气旺盛,最为我所喜,但可知也是日本式的东西。

正宅里布置得很富丽堂皇,但总觉得"新",有一股无形的"触目"与触鼻的油漆气味。

"这到底是谁的住宅呢?"我忍不住地问道,孩子们正在草地上玩,不肯走。

房东道:"我以为你已经知道了;这是周佛海的新居,去年向英国人买下的,装修的费用,倒比买房的钱花得还多。"

过了几个月,周佛海搬进宅了,整夜的灯火辉煌,笙歌达旦,我被吵闹得不能安睡。我向来喜欢早睡,但每到晚上九十点钟,必定有胡琴声和学习京戏的怪腔送到我房里来。恨得我牙痒痒的,但实在无奈此恶邻何!

更可恨的是,他们搬进了,便要调查四邻的人口和职业;我们也被调查了一顿。

我的书房的南窗,正对着他们的厨房,整天整夜地在做菜烧汤,烟突里的煤烟,常常飞扑到我书桌上来。拂了又拂,终是烟灰不绝。弄得我不敢开窗。我现在不能不懊悔择邻的不谨慎了。

"一二·八"太平洋战争起来后,我的环境更坏了。四周围的英美人住宅都空了起来,他们全都进了集中营。隔了几时,许多日本人又搬了进来。他们男人大多是穿军装的。还有保甲的组织、防空的练习,吵闹得附近人家,个个不安。

在防空的时候,他们干涉邻居异常地凶狠,时时有被打的。有时,我晚上回家,曾被他们用电筒光狠狠地照射着过。

有一天,厨房的灯光忘了关,也被他们狠狠地敲门打窗地骂了一顿过。

【语言描写】
这句话中满是"我"对周佛海的厌恶,侧面反映出周佛海的性格和人品。

【对比】
将日本人入住后的情况同之前的状况相对比,凸显出日本人才是真正的"恶邻"。

一个早晨，太阳光很好，出去走走，恰遇他们在练习空防。路被阻塞不通，只好再回过来。

说到通路，那又是一个厄运。<u>本来有一条通路，可以直达大道，到电车站很近便。自从周佛海搬来后，便常常被阻塞。日本人搬来后，索性地用铁丝网堵死了。我上电车站，总要绕了一个大圈，多花上十分钟的走路工夫。</u>

胜利以后，铁丝网不知被谁拆去了。我以为从此可以走大道了。不料又有什么军队驻扎在小路上看守着，不许人走过。交涉了几回也没用。只好仍旧吃亏，改绕大圈子走。

和敌伪的人物无心地做了邻居，想不到也会有那么多的痛苦和麻烦。

（选自《蛰居散记》，上海出版公司1951年出版）

【对比】
　将之前的情况同周佛海、日本人住在附近时的情况对比，突出后两者的霸道无礼，表现了作者的不满。

阅读心得

作者无意间与敌人、汉奸做了邻居，招来了许多心理和生活上的痛苦和麻烦，这是作者在搬家之前没有想到的。作者借自己的经历来暗喻中国的处境，即使中国从未招惹其他国家，老老实实、本本分分，可无奈早就与恶人做了邻居，所以才会承受这样多的苦痛与磨难。

可"我"与国家的处境又不相同。那个时代的中国不管是制度、经济还是军事，都远远落后于其他国家，落后就要挨打。实际上，"我"这一经历的根本原因是由于国家正在遭遇侵略，也是整个国家、整个民族正在遭遇的苦难的缩影。

写作借鉴

　　这篇文章采用了以小见大的表达技巧,通过叙述发生在作者身上的事,窥见中国人在遭遇侵略时所经受的"痛苦和麻烦"。

　　夜间的吵闹、飘飞的煤烟、道路的堵塞……这些看起来都是很小的事情,可是造成这一切的是日本人和汉奸,小事便不再是小事,它们被赋予了更深层次的民族矛盾,变成了整个中华民族被压迫和残害的缩影。从这些小事上,我们能够看到日本人霸道无礼的一面和汉奸的无耻自私,同时也能看到有良知的中国人对外敌和内鬼的愤恨。

　　我们在写作时可以尝试使用这一手法,使文章的内涵更加丰富。

烧 书 记

📚 **名师导读** ···

　　历史上，统治者为了统治地位的稳固，发生过多次"书劫"，大批优秀的书籍就这样被付之一炬，不得不说这是人类历史的重大损失。在抗日战争年代，书籍又有怎样的命运呢？

　　我们的历史上，有了好几次的大规模的"烧书"之举。秦始皇帝统一六国后，便来了一次烧书。"史官非《秦纪》，皆烧之。非博士官所职，天下敢有藏'诗''书'百家语者，悉诣守尉杂烧之。有敢偶语'诗''书'者弃市。以古非今者族。吏见知不举者与同罪。令下三十日，不烧，黥为城旦。所不去者，医药卜筮种树之书，若欲有学法令，以吏为师。"这是最彻底的烧书，最彻底的愚民之计，和一般殖民地政府，不设立大学而只开设些职业、工艺学校者，有异曲同工之妙。此后，烧书的事，无代无之。有的烧历史文献，以泯篡夺之迹；有的烧佛教、道教的书，以谋宗教上的统一；有的烧淫秽的书，以维持道德的纯洁。近三百年，则有清代诸帝的大举烧书。我们读了好几本的所谓"全毁""抽毁"书目，不禁凛然生畏；至今尚觉得在异族铁蹄下的文化生活的如何室塞难堪！

　　"八·一三"后，古书、新书之被毁于兵火之劫者多矣。就我个人而论，我寄藏于虹口开明书店里的一百多箱古书，就在八月十四日那一天被烧，烧得片纸不存。我看见东边的天空，有紫黑色的烟云在突突地向上升,升得很高很高,然后随风而四散,随风而淡薄,被烧的东西的焦渣,到处地飘坠。其中就有许多有字迹的焦纸片。我曾经在天井里拾到好几张,一触手便粉碎;但还可以辨识得出些字迹,大约是教科书之类居多。我想,我的书能否捡得到一二张烧焦了的呢?——那时,我已经知道开明书店被烧的情形——当然,这想头是很可笑的。就捡得到了又有什么意义;还不是徒增忉怛与愤激吗?

这是兵火之劫,未被劫的还安全地被保存着。所遭劫的还只是些不幸的一二隅之地。但到了"一二·八"敌兵占领了旧租界后,那情形却大是不同了。

我们听到要按家搜查的消息,听到为了一二本书报而逮捕人的消息,还听到无数的可怖的怪事、奇事、惨事。

许多人心里都很着急起来,特别是有"书"的人家。他们怕因"书"惹祸,却又舍不得割爱,又不敢卖出去——卖出去也没有人敢要。有好几个友人,天天对书发愁。

"这部书会有问题吗?"

"这个杂志留下来不要紧吗?"

"到底是什么该留的,什么不该留的?"

"被搜到了,有什么麻烦没有?"

个个人在互相地询问着,打听着。但有谁能够说明哪几部书是有问题的,或哪些东西是可留的呢?

我那时正忙于烧毁往来有关的信件、有关的记载,和许多报纸、杂志及抗日的书籍——连地图也在内。

我硬了心肠在烧。自己在壁炉里生了火,一包包,一本本,撕碎了，扔进去，眼看它们烧成了灰，一蓬蓬的黑烟从烟筒里冒出来，烧焦了的纸片，飞扬到四邻，连天井里也有了不少。

心头像什么梗塞着，说不出的难过。但为了特殊的原因，我不能不如此小心。

连秋白送给我的签了名的几部俄文书，我也不能不把它们送进壁炉里去。

我觉得自己实在太残忍了！我眼圈红了不止一次，有泪水在落。是被烟熏的吧？

实在舍不得烧的许多书，却也不能不烧。踌躇又踌躇，选择又选择，有的头一天留下了，到了第二三天又狠了心把它们烧了。有的，已经烧了，心里却还在惋惜着，觉得很懊悔，不该把它们烧去。

但有了第一次淞沪战争时虹口、闸北一带的经验——有《征倭论》一类的书而被杀、被捉的人不少——自然不能不小心。对于发了狂的兽类，有什么理可讲呢！

整整地烧了三天。我翻箱倒箧地搜查着，捧了出来，动员孩子们在撕在烧。

"爸爸，这本书很好玩，留下来给我吧。"孩子们在恳求着。

我难过极了！我也何尝不想留下来呢？但只好摇摇头，说道："烧了吧，下回去买好一点的书给你。"

在这时候，就有好些住在附近的朋友们在问，什么书该烧，什么书不必烧。

我没法回答他们，领了他们到壁炉边去。

"你自己看吧。我在烧着呢。但我的情形不同。你自己斟酌着办吧。"

这一场烧书的大劫,想起来还有余栗与余憾。

不烧,不是至今还无恙吗?

但谁能料得到呢?

把它们设法寄藏到别的地方去吧。

但为什么要"移祸"呢? 这是我所绝对不肯做的事。

这是我不能不狠心动手烧的一个原因。

但也实在有些人把自认为"不安全"的书寄藏到别人家里去的。

这还是出于自动的烧。究竟自动烧书的人还不多。大量的"违碍"的书报还储藏在许多人家里。有许多人不肯烧,不想烧,也有人不知道烧,甚至有人压根儿没有想到这件事。

过了不久,敌人的文化统制的手腕加强了。他们通过了保甲的组织,挨户按家地通知,说:凡有关抗日的书籍、杂志、日报等等,必须在某天以前,自动烧毁或呈缴出来。否则严惩不贷。

同时,在各书店、各图书馆,搜查抗日书报,一车车地载运而去,不知运向何方,也不知它们的运命如何。

这一次烧书的规模大极了! 差不多没有一家不在忙着烧书的。他们不耐烦呈缴出去,只有出于烧之一途。最近若干年来的报纸、杂志遭劫最甚。有许多人索性把报纸、杂志全都烧毁了,免得惹起什么麻烦。

外间谣传说,连包东西的报纸,上面有了什么抗日的记载,也要追究、捕捉的。

因之,旧报纸连包东西的资格也被取消了。

最可怜的是,有的朋友已经到了内地去,他们的书籍还藏在家里,或寄存在某友处。家里的人到处打听,问要紧不要紧,甚至去问保甲处的人。他们当然说要紧的,甚至还加上些恫吓的话。

于是,不分青红皂白地,他们把什么书全都付之一炬;只要是有字的,无不投到了火炉里去。

记得清初三令五申的搜求"禁书"的时候,有些藏书家的后人,为了省得惹祸,也是将全部古书整批地烧了去。

这个书劫,实在比兵,比火,比水等等大劫更大得多,更普遍而深入得多了!

这样纷扰了近一个多月,始终不曾见敌伪方面有什么正式的文告。又有人说,这是出于误会,日本人方面并没有这个意思。

于是烧书的火渐渐地又灭了,冷了,终至不再有人提起这件事。

不烧的人,忘了烧的人,特地要小心保存这类抗日文献的人,当然也有。

许多抗日文献还保存得不少。像《文汇年刊》之类,我家里便还保存着,忘记了烧。

书如何能烧得尽呢?"野火烧不尽,春风吹又生。"以烧书为统制的手法,徒见其心劳日拙而已。

但愿这种书劫,以后不再有!

(选自《蛰居散记》,上海出版公司 1951 年出版)

阅读心得

要控制一个人,首先要控制他的思想,这是历朝历代的统治者都明白的道理,而控制思想最有效的方法,就是通过宣传手段,使人们只能接受统治者的言论。这一手段的前提,是社会上不存在"影响因子",在日军看来,包括抗日书籍在内的诸多书籍都是影响对中国的控制权的威胁因素。

但"书如何能烧得尽呢?"纵观历史,焚书坑儒的始皇,不也没能使天下永远掌握在自己家族的手中吗?想通过烧书来控制人们思想的观点是极其荒谬的,因为总有仁人志士,走在时代的前头,为人民开路。

写作借鉴

本文,作者采用了卒章显志的写作技巧。本章通篇都在讲述抗日战争期间日军烧书的要求以及人们的反应,表现了人们爱国与自保的复杂心理,表达了作者对这场书劫的愤恨和惋惜。文章末尾,作者提出"野火烧不尽,春风吹又生",表示日军这样的行为是徒劳的,表现出一种轻蔑的态度;同时,作者又"但愿这种书劫,以后不再有!"表达了对书籍被损毁的惋惜和对美好未来的期望。

先将感情积蓄,再于文末爆发,这样的表达使主旨更加突出,感情更加强烈。

售 书 记

名师导读

　　在当今社会，书籍既便宜又易得，但我们不再把书籍当作贵重物品来保存。而在战火纷飞的年代，书籍是无价之宝，可作者却不得不为了生活卖掉它们，在卖书的时候，他会是怎样的心情啊！

　　　　嗟食何如售故书，疗饥分得蠹虫余。

　　　　丹黄一付绛云火，题跋空传士礼居。

　　　　展向晴窗胸次了，抛残午枕梦回初。

　　　　莫言自有屠龙技，剩作天涯稗贩徒。

　　以上是一个旧友的售书诗，这个旧友和我常在古书店里见到。从前，大家都买书，不免带点争夺的情形，彼此有些猜忌。劫中，我卖书，他也卖书，见了面，大家未免常常叹气，谈着从来不会上口的柴米油盐的问题。他先卖石印书、自印的书，然后卖明清刊本的书。后来，便不常在古书店见到他了。大约书已卖得差不多，不是改行做别的事，便是守在家里不出门。关于他，有种种的传说。我心里很难过，实在不愿意在这里再提起，这是一位在这个大时代里最可惜、惨酷的牺牲者。但写下他抄给我的这首诗时，我不能不黯然！

　　说到售书，我的心境顿时要阴晦起来。谁想得到，从前高高兴兴，一部部，一本本，收集起来，每一部书，每一本书，都有它的被得到的经过和历史：这一本书是从那一家书店里得到的，那一部书是如何地见到了，一时踌躇未取，失去了，不料无意中又获得之；那一部书又是如何地先得到一二本，后来，好容易方才从某书店的残书堆里找到几本，恰好配全，配全的时候，心里是如何地喜悦；也有永远配不全的，但就是那残帙也很可珍贵，古宫的断垣残刻，不是也足以令人流连忘返吗？那一本书虽是薄帙，却是孤本单行，极不易得；那一部书虽是同光间刊本，却很不多见；那一本书虽已收入某丛书中，这本却是单刻本，与丛书本异同甚多；那一部书见于禁书目录，虽为陋书，亦自可贵。至于明刊精本，黑口古装者，万历竹纸，传世绝罕者，与明清史料关系极巨者，稿本手迹，从无印本者，等等。则更是见之心暖，读之色舞。虽绝不巧取豪夺，却自有其争斗与购取之阅历。差不多每一本、每一部书于得之之时都有不同的心境、不同的作用。为什么舍彼取此，为什么前弃今取，在自己个人的经验上，也各自有其理由。譬如，二十年前，在中国书店见到一部明刊蓝印本《清明集》和一部道光刊本《小四梦》，价各百金，我那时候倾囊只有此数，那么，还是购《小四梦》吧。因为我弄中国戏曲史，《小四梦》是必收之书。然而在版本上，或在藏书家的眼光看来，那《清明集》，一部极罕见的古法律书，却是如何地珍奇啊！从前，我不大收清代的文集，但后来觉得有用，便又开始大量收购了。从前，对于词集有偏嗜，有见必收。后来，兴趣淡了些，便于无意中失收了不少好词集。凡此种种，皆寄托着个人的感情。如鱼饮水，冷暖自知。谁想到，凡此种种，费尽心力以得之者,竟会出以易米吗?谁更会想得到,从前一本本、一部部书零星收得,好容易集成一类,堆作数架者,竟会一捆捆,一箱箱地拿出去卖的吗?我从来不肯好好地把自己的藏书编目,但在出卖的时候,买书的要先看目录,便不能不咬紧牙关,硬了头皮去编。编目的时候,觉得部部书、本本书都是可爱的,都是舍不得去的,都是对我有用的,然而又不能不割售。摩挲着,仔细地翻看着,有时又摘抄了要用的几节几段,终于舍不得,不愿意把它上目录。但经过了一会,究竟非卖钱不可,便又狠了狠心,把它写上。在劫中,像这样的"编目",不止三两次了。特别在最近的两年中,光景更见困难了,差不多天天都在打"书"的主意,天天在忙于编目。假如天还不亮的话,我的出售书目又要从事编写了。总是先去其易得者,例如《四部丛刊》、百衲本《廿四史》之类,《四部丛刊》,连二三编,我在前年,只卖了伪币四万元;百衲本《廿四史》,只卖了伪币一万元。谁想得到,在今年今日,要想再得到一部,便非花了整年的薪水还不够吗?只好从此不做再收藏这一类大部书的念头了。最伤心的是,一部石印本《学海类编》,我不时要翻查,好几次书友们见到了,总要怂恿我出卖,我实在舍不得。但最后,却也不得不卖了。卖得的钱,还不够半个月花,然而如今再求得一部,却也已非易了。其后,卖了一大批明本书,再后来,又卖了八百多种清代文集,最后,又卖了好几百种清代总集文集及其他杂书。大凡可卖的,几乎都已卖尽了!所万万舍不得割弃的是若干目录书,词曲书,小说书和版画书。最后一批,拟目要去的便是一批版画书。天幸胜利来得恰如其时,方才保全了这一批万万舍不得去的东西。否则,再拖长了一年半载,恐怕连什么也都要售光了。但我虽然舍不得与书相别，而每当困难的时光，总要打它的主意，实在觉得有点对不起它！如果把积"书"当作了囤货——有些暴发户实在有如此的想头，而且也实在如此地做，听说，有一个人，所囤积的《四部丛刊》便有廿余部——那么，售去倒也没有什么伤心。不幸，我的书都是"有所谓"而收集起来的，这样的一大批一大批地"去"，怎么能不痛心呢？售去的不仅是"书"，同时也是我的"感情"、我的"研究工作"、我的"心的温暖"！当时所以硬了心肠要割舍它，实在是因为"别无长物"可去。不去它，便非饿死不可。在饿死与去书之间选择一种，当然只好去书。我也有我的打算，每售去一批书，总以为可以维持个半年或一年。但物价的飞涨，每每把我的计划全部推翻了。所以只好不断地在编目，在出售；不断地在伤心，有了眼泪，只好往肚里倒流下去。忍着，耐着，叹着气，不想写，然而又不能不一部部地编写下去。那时候，实在恨自己，为什么从前不藏点别的，随便什么都可以，偏要藏什么劳什子的书呢？曾想告诉世人说，凡是穷人，凡是生活不安定的人，没有恒产、资产的人，要想储蓄什么，随便什么都可以，只千万不要藏书。书是积藏来用、来读的，不是来卖的。卖书时的惨楚的心情实在受得够了！到了今天，我心上的创伤还没有愈好；凡是要用一部书，自己已经售了去的，想到书店里去再买一部，一问价，只好叹口气，现在的书已经不是我辈所能购置的了。这又是用手去剥疮疤的一个刺激。索性狠了心，不进书店，也决心不再去买什么书了。书兴阑珊，于今为最。但书生积习，扫荡不易，也许不久还会发什么收书的雅兴吧。

但究竟不能不感谢"书"，它竟使我能够度过这几年难度的关头。假如没有"书",我简直只有饿死的一条路走!

（选自《蛰居散记》，上海出版公司 1951 年出版）

阅读心得

在战争年代，不仅每天都要担惊受怕，还要受穷困之苦。作者在走投无路之下，不得不将自己珍藏的书籍卖掉，以勉强维持生活。像作者这样爱书的人，在卖书之前经历了很久的心理斗争，把心爱之物售卖，那是怎样的一种心痛啊！

我们庆幸自己生活在和平年代，生活在一个走向共同富裕的时代，在这样的环境中，我们更应该珍视眼前，积累知识，为社会发展贡献力量。

写作借鉴

本文最大的特点是作者对自己所卖藏书的详细列举，如"例如《四部丛刊》、百衲本《廿四史》之类""一部石印本《学海类编》……""卖了一大批明本书……又卖了……"等，作者对自己所卖书籍的详细说明，体现了他对于藏书的不舍。他对书籍的热爱之情显露无遗，这是一种侧面表现方法，我们在写作中可以尝试着运用。

秋夜吟

> 在秋风即将到来的时节，去乡间的小路上走一走，听一听虫鸣，看一看月光，多么惬意！若是能遇到作者所遇到的月色下捉"叫哥哥"的趣事，那就更妙不可言了。

　　幸亏找到了小石。这一年的夏天特别热，整个夏天我以面包和凉开水作为午餐；等太阳下去，才就从那蛰居小楼的蒸烤中溜出来，嘘一口气，兜着圈子，走冷僻的路到他家里，用我们的话，"吃一顿正式的饭"。

　　小石是一个顽皮的学生，在教室里发问最多，先生们一不小心，就要受窘。但这次在忧患中遇见，他却变得那么沉默寡言了。既不问我为什么不到内地去，也不问我在上海有什么任务，当然不问我为什么不住在庙弄，绝对不问我如今住在什么地方。

　　我突然地找到他了，突然每晚到他家里吃饭了，然而这仿佛是平常不过的事，早已如此，一点不突然。料理饮食的也是小石一位朋友的老太太，我们共同享用着正正式式的刚煮好的饭，还有汤——那位老太太在午间从不为自己弄汤菜，那是太奢侈了——在那里，我有一种安全的感觉。直到有一次我在这"晚宴"上偶然缺席，第二天去时看到他们的脸上是怎样从焦虑中得到解放，才知道他们是如何理解我的不安全。那位老太太手里提着铲刀，迎着我说："哎呀，郑先生，您下次不来吃饭最好打电话来关照一声啊，我们还当您怎么了呢。"

然而小石连这个也不说。

于是只好轮到我找一点话，在吃过晚饭之后，什么版画、元曲、变文、老庄哲学，都拿来乱谈一顿，自己听听很像是在上文学史之类，有点可笑。

于是我们就去遛马路。

有时同着二房东的胖女孩，有时拉着后楼的小姐L，大家心里舒舒坦坦地出去"走风凉"。小石是喜欢魏晋风的，就名之谓"行散"。

遛着遛着也成为日课，一直到光脚踏屐的清脆叩声渐渐冷落下来，后门口乘风凉的人们都缩进屋里去了，我们行散的兴致依然不减。

秋天的黄昏比夏天的更好，暮霭像轻纱似的一层一层笼罩上来，迷迷糊糊的雾气被凉风吹散。夜了，反觉得亮了些，天蓝得清清净净，撑得高高的，嵌出晶莹皎洁的月亮，真是濯心涤神，非但忘却追捕、躲避、恐怖、愤怒，直要把思维上腾到国家世界以外去。

我们一边走着，一边谈性灵，谈人类的命运，争辩月之美是圆时还是缺时，是微云轻抹还是万里无垠……

小石的住所朝南。再朝南，是徐家汇路，临着一条河，河南大多是空地和田，没有房子遮着，天空更畅得开，我们从打浦桥顺着河沿往下走往下走，把一道土堆算城墙，又一幢黑魆魆的房屋算童话里的堡垒，听听河水是不是在流。

走得微倦，便靠在河边一株横倒的树干上，大家都不谈话。

可是一阵风吹过来了，夹着河水污浊的气味，熏得我们站起来。这条河在白天原是不可向迩的。"夜只是遮盖，现实到底是现实，不能化朽腐为神奇！"小石叹了口气。

觉着有点凉，我随手取起了放在树干上的外衣，想穿。"嗄！"L叫了起来，"有毛毛虫！"外衣上附着两只毛虫呢，连忙抖拍了下去。大家一阵忙，皮肤起着栗，好像有虫在爬。

"不要神经过敏了，听，叫哥哥在叫呢。"

"不，那是纺织娘。"

"哪里，那一定是铜管娘。"

"什么铜管娘，昆虫学里没有的名字。"

其实谁也没有研究过昆虫学。热心地争论起来了，把毛毛虫的不快就此抖掉。

"听，那边更多呢。"

一路倾听过去，忽然有一个孩子的声音叫：

"在这里了。"

那是一个穿了睡衣裤的小孩，手里执着小竹笼，一条辫子梢上还系着红线，一条辫子已经散了，大概是睡了听见叫哥哥叫得热闹又爬起来的。

"你不要动，等我捉。"铁丝网那边的丛莽中有一个男人在捉，看样子很是外行，拿了盒火柴，一根根划着。

秋虫的声音到处都是，可是去捉呢，又像在这里，又像在那里，孩子怕铁丝网刺他，又急着捉不到，直叫。

小石也钻进丛莽里去了。

一个骑自行车的人经过，也停下来，放好了车，取下了车上的电石灯，也加入去捉了。

这人可是个惯家,捉了一会,他说:"不行,这样,你拿着灯,我们来捉。"原来的男人很听话地赶快把灯接过来,很合拍地照亮着。

果然,不一会,骑自行车的人就捉到了一只,大家钻出来,孩子喜欢得直跳。

骑自行车的人大大的手里夹着叫哥哥,因为感觉到大家欣赏他的成功而害羞,怯怯地说道:"给谁呢? 给谁呢? "

原来在捉的男人就推给小石说:"先给他吧,他不会捉的。"孩子也说:"给你吧,我们还好再捉。"

小石被这亲热的退让和赠予弄得不好意思起来,连忙走开去,说:"哪里,哪里,我原不想要,我是帮你们捉的,"想想自己又不会捉,又改说:"我不过凑凑热闹。"

我们也说:"小妹妹别客气了,把它放在笼子里吧,看跳掉了。"

那个孩子才欢欢喜喜感谢地要了,男人和骑自行车的又钻进丛莽中去。

小石一边走,一边笑,一边咕噜:"我又不是小孩子,推给我做什么。"

L说:"人家当你比那个小孩还小啦,这又有什么可脸红的呢? "

于是小石就辩了:"月亮光底下看得出脸红脸白吗? "

其实我们大家都饫饮这善良的温情而陶然了。

走得很远,回过头去,还看得见丛莽里一闪一闪亮着自行车的摩电灯。

阅读心得

在战争年代,这样一个安宁的夜晚是多么难得,作者因为自己特殊的身份而要时刻警惕,唯恐暴露行迹,而在这个夜里,作者享受到了久违的平静。

　　故事中的小石是一个单纯善良的小孩,出来捉虫的其他人也都是平凡而热情的普通人。他们通过"捉虫"这一活动,构成了一幅人与人和睦相处的美好图景,让读者感受到了浓浓的温情。

　　人们心中都有一份善意,或许这美好的夜色,正好触动了人们心中的那份善意吧。

写作借鉴

　　丰富独特的语言描写是本文最大的特点,作者通过人物的对话,为我们展现了几个特点鲜明的人物形象,描绘了一幅人与人和睦相处的美好画面。例如,"他说:'不行,这样,你拿着灯,我们来捉。'"体现了"骑自行车的人"对自己捉虫技巧的自信;再如,"哪里,哪里,我愿不想要,我是帮你们捉的。"体现了小石的热心肠。

　　人与人和谐相处是作者最大的心愿,而这一主旨就隐藏在人物的对话中,我们要学习作者对人物语言高明的处理手段。

北 平

名师导读...

　　你是否曾经爱上一座城市？或者说,你是否早已对某个城市心向往之？它吸引你的地方,是它醉人的景色,还是有趣的民俗？本文中,作者对北平即现在的北京,有着不同的感情变化,并对大城市下的不同人的生活有着深刻的思考。

　　你若是在春天到北平,第一个印象也许便会给你以十分的不愉快。你从前门东车站或西车站下了火车,出了站门,踏上了北平的灰黑的土地上时,一阵大风刮来,刮得你不能不向后倒退几步;那风卷起了一团的泥沙;你一不小心便会迷了双眼,怪难受的;而嘴里吹进了几粒细沙在牙齿间萨拉萨拉地作响。耳朵壳里,眼缝边,黑马褂或西服外套上,立刻便都积了一层黄灰色的沙垢。你到了家,或到了旅店,得仔细地洗涤了一顿,才会觉得清爽些。

　　"这鬼地方! 那么大的风,那么多的灰尘!"你也许会很不高兴地诅咒地说。

　　风整天整夜地虎虎地在刮,火炉的铅皮烟囱,纸的窗户,都在乒乒乓乓地相碰着,也许会闹得你半夜睡不着。第二天清早,一睁开眼,呵,满窗的黄金色,你满心高兴,以为这是太阳光,你今天将可以得一个畅快的游览了。然而风声还在虎虎地怒吼着。擦擦眼,拥被坐在床上,你便要立刻懊丧起来。那黄澄澄的、错疑作太阳光的,却正是漫天漫地地吹刮着的黄沙!风声吼吼的还不曾歇气。你也许会懊悔来这一趟。

但到了下午,或到了第三天,风渐渐地平静起来。太阳光真实的黄亮亮地晒在墙头,晒进窗里。那份温暖和平的气息儿,立刻便会鼓动了你向外面跑跑的心思。鸟声细碎地在鸣叫着,大约是小麻雀儿的唧唧声居多——碰巧,院子里有一株杏花或桃花,正含着苞,浓红色的一朵朵,将放未放。枣树的叶子正在努力地向外崛起——北平的枣树是那么多,几乎家家天井里都有个一株两株的。柳树的柔枝儿已经是透露出嫩嫩的黄色来。只有硕大的榆树上,却还是乌黑的秃枝,一点什么春的消息都没有。

你开了房门,到院子里,深深地吸了一口气。啊,好新鲜的空气,仿佛在那里面便挟带着生命力似的。不由得不使你神清气爽。太阳光好不可爱。天上干干净净的没半朵浮云,俨然是"南方秋天"的样子。你得知道,北平当晴天的时候,永远的那一份儿"天高气爽"的晴明的劲儿,四季皆然,不独春日如此。

太阳光晒得你有点暖得发慌。"关不住了!"你准会在心底偷偷地叫着。

你便准得应了这自然之招呼而走到街上。

但你得留意,即使你是阔人,衣袋里有充足的金洋银洋,你也不应摆阔,坐汽车。被关在汽车的玻璃窗里。你便成了如同被蓄养在玻璃缸的金鱼似的无生气的生物了。你将一点也享受不到什么。汽车那么飞快地冲跑过去,仿佛是去赶什么重要的会议。可是你是来游玩,不是来赶会。汽车会把一切自然的美景都推到你的后面去。你不能吟味,你不能停留,你不能称心称意地欣赏。

这正是猪八戒吃人参果的勾当。你不会蠢到如此的。

北平不接受那么摆阔的阔客。汽车客是永远不会见到北平的真面目的。北平是个"游览区"。天然的不欢迎"走车看花"——比走马看花还杀风景的勾当——的人物。

那么，你得坐"洋车"——但得注意：如果你是南人，叫一声"黄包车"，准保个个车夫都不理会你，那是一种侮辱，他们以为（黄包，北音近于王八）。或酸溜溜地招呼道"人力车"，他们也不会明白的。如果叫道"胶皮"，他们便知道你是从天津来的，准得多抬些价。或索性洋气十足的，叫道"力克夏"，他们便也懂，但却只能以"毛"为单位的给车价了。

"洋车"是北平最主要的交通物。价廉而稳妥，不快不慢，恰到好处。但走到大街上，如果遇见一位漂亮的姑娘或一位洋人在前面车上，碰巧，你的车夫也是一位年轻力健的小伙子，他们赛起车来，那可有点危险。

干脆，走路，倒也不坏。近来北平的路政很好，除了冷街小巷，没有要人、洋人住的地方，还是"无风三尺土，有雨一街泥"之外，其余冲要之区，确可散步。

出了巷口，向皇城方面走，你便将渐入佳景的。黄金色的琉璃瓦在太阳光里发亮光；土红色的墙，怪有意思地围着那"特别区"。入了天安门内，你便立刻有应接不暇之感。如果你是聪明的，在这里，你必得跳下车来，散步地走着。那两支白石盘龙的华表，屹立在中间，恰好烘托着那一长排的白石栏杆和三座白石拱桥，表现出很调和的华贵而苍老的气象来，活像一位年老有德、饱历世故、火气全消的学士大夫，没有丝毫的火辣辣的暴发户的讨厌样儿。春冰方解,一池不浅不溢的春水,碧油油的可当一面镜子照。正中的一座拱桥的三个桥洞,映在水面,恰好是一个完全的圆形。

你过了桥,向北走。那厚厚的门洞也是怪可爱的(夏天是乘风凉最好的地方)。午门之前,杂草丛生,正如一位不加粉黛的村姑,自有一种风趣。那左右两排小屋,仿佛将要开出口来,告诉你以明清的若干次的政变,和若干大臣、大将雍雍锵锵地随驾而出入。这里也有两支白色的华表,颜色显得黄些,更觉得苍老而古雅。无论你向东走,或向西走——你可以暂时不必向北进端门,那是历史博物馆的入门处,要购票的——你可以见到很可愉悦的景色。出了一道门,沿了灰色的宫墙根,向西北走,或向东北走,你便可以见到护城河里的水是那么绿得可爱。太庙或中山公园后面的柏树林是那么苍苍郁郁的,有如见到深山古墓。和你同道走着的,有许多走得比你还慢,还没有目的的人物;他们穿了大袖的过时的衣服,足上登着古式的鞋,手上托着一只鸟笼,或臂上栖着一只被长链锁住的鸟,懒懒散散地在那里走着。有时也可遇到带着一群小哈巴狗的人,有气势地在赶着路。但你如果到了东华门或西华门而折回去时,你将见他们也并不曾往前走,他们也和你一样地折了回去。他们是在这特殊幽静的水边溜达着的!溜达,是北平人生活的主要的一部分;他们可以在这同一的水边、城墙下,溜达整个半天,天天如此,年年如此,除了刮大风、下大雪、天气过于寒冷的时候。你将永远猜想不出,他们是怎样过活的。你也许在幻想着,他们必定是没落的公子王孙,也许你便因此凄怆地怀念着他们的过去的豪华和今日的沦落。

"啪"的一声响，惊得你一大跳，那是一个牧人，赶了一群羊走过，长长的牧鞭打在地上的声音。接着，一辆一九三四年式的汽车呜呜地飞驰而过。你的胡思乱想为之撕得粉碎——但你得知道，你的凄怆的情感是落了空。那些臂鸟驱狗的人物，不一定是没落的王孙，他们多半是以驯养鸟狗为生活的商人们。

你再进了那座门，向南走。仍走到天安门内。这一次，你得继续地向南走。大石板地，没有车马的经过，前面的高大的城楼，作为你的目标。左右全都是高及人头的灌木林子。在这时候，黄色的迎春花正在盛开，一片的喧闹的春意。红刺梅也在含苞。晚开的花树，枝头也都有了绿色。在这灌木林子里，你也许可以徘徊个几小时。在红刺梅盛开的时候，连你的脸色和衣彩也都会映上红色的笑影。散步在那白色的阔而长的大石道，便是一种愉快。心胸阔大而无思虑。昨天的积闷，早已忘得一干二净。你将不再对北平有什么诅咒。你将开始发生留恋。

你向南走，直走到前门大街的边沿上，可望见东西交民巷口的木牌坊，可望见你下车来的东车站或西车站，还可望见屹立在前面的很宏伟的一座大牌楼。乱纷纷的人和车、马和货物；有最新式的汽车，也有最古老的大车，简直是最大的一个运输物的展览会。

你站了一会，觉得看腻了，两腿也有点发酸了，你便可以向前走了几步，极廉价地雇到一辆洋车，在中山公园口放下。

这公园是北平很特殊的一个中心。有过一个时期，当北海还不曾开放的时候，它是北平唯一的社交的集中点。在那里，你可以见到社会上各种各样的人物——当然无产者是不在内，他们是被几分大洋的门票摈在园外的。你在那里坐了一会,立刻便可以招致了许多熟人。你不必家家拜访或邀致,他们自然会来。当海棠盛开时,牡丹、芍药盛开时,菊花盛开时的黄昏,那里是最热闹的上市的当儿。茶座全塞满了人,几乎没有一点空地。一桌人刚站了起来,立刻便会有候补的挤了上去。老板在笑,伙计们也在笑。他们的收入是如春花似的繁多。直到菊花谢后,方才渐渐地冷落了下来。

你坐在茶座上,舒适地把身体堆放在藤椅里,太阳光满晒在身上,棉衣的背上,有些热起来。前后左右,都有人在走动,在高谈,在低语。坛上的牡丹花,一朵朵总有大碗粗细。说是赏花,其实,眼光也是东溜西溜的。有时,目无所瞩,心无所思的,可以懒懒地呆在那里,整整地呆个大半天。

一阵和风吹来,遍地白色的柳絮在团团地乱转,渐转成一个球形,被推到墙角。而漫天飞舞着的棉状的小块,常常扑到你面上,强塞进你的鼻孔。

如果你在清晨来这里,你将见到有几堆的人,老少肥瘦俱齐,在大树下空地上练习打太极拳。这运动常常邀引了患肺痨者去参加,而因此更促短了他们的寿命。而这时,这公园里也便是肺痨病者们最活动的时候。瘦得骨立的中年人们,倚着杖,蹒跚地在走着——说是呼吸新鲜空气——走了几步,往往咳得伸不起腰来,有时,"喀"的一声,吐了一大块浓痰在地上。为了这,你也许再不敢到这园来。然而,一到了下午,这园里却仍是拥挤着人。谁也不曾想到天天清晨所演的那悲剧。

园后的大柏树林子,也够受糟蹋的。茶烟和瓜子壳,熏得碧绿的柏树叶子都有点显出枯黄色来，那林子的寿命，大约也不会很长久。

和中山公园的热闹相陪衬的是隔不几十步的太庙的冷落。不知为了什么，去太庙的人到底少。只有年轻的情人们，偶尔一对两对的避人到此密谈。也间有不喜追逐在热闹之后的人，在这清静点的地方散步。这里的柏树林，因为被关闭了数百年之后，而新被开放之故，还很顽健似的，巢在树上的"灰鹤"也还不曾搬家他去。

太庙所陈列的清代各帝的祭殿和寝宫，未见者将以为是如何地辉煌显赫，如何地富丽堂皇，其实，却不值一看，一色黄缎绣花的被褥衣垫，并没有什么足令人羡慕。每张供桌上所列的木雕的杯碗及烛盘等等，还不如豪富人家的祖先堂的讲究。从前读一明人笔记，说，到明孝陵参观上供，见所供者不过冬瓜汤等等极淡薄贱价的菜。这里在皇帝还在宫中时，祭供时，想也不过如此。是帝王和平民，不仅在坟墓里同为枯骨，即所馨享的也不过如此如此而已。

你在第二天可以到北城去游览一趟，那一边值得看的东西很不少。后门左近有国子监、钟楼及鼓楼。钟鼓楼每县都有之，但这里，却显得异常地宏伟。国子监，为从前最高的学府，那里边，藏有石鼓——但现在这著名的石鼓却已南迁了。由后门向西走，有什刹海；相传《红楼梦》所描写的大观园就在什刹海附近。这海是平民的夏天的娱乐场。海北，有规模极大的冰窖一区。海的面积，全都是稻田和荷花荡（北平人的养荷花是一业，和种水稻一样）。夏天，荷花盛开时，确很可观。倚在会贤堂的楼栏上，望着骤雨打在荷盖上，那喷人的荷香和刹刹的细碎的响声，在别处是闻不到、听不到的。如果在芦席棚搭的茶座上听着，虽显得更亲切些，却往往棚顶漏水，而水点落在芦席上，那声音也怪难听的，有喧宾夺主之感。最佳的是夏已过去，枯荷满海，什刹海的闹市已经收场，那时如果再到会贤堂楼上，倚栏听雨，便的确不含糊地有"留得残荷听雨声"之妙，不过，北平秋天少雨，这境界颇不易逢。

什刹海的对面，便是北海的后门。由这里进北海，向东走，经过澄心斋、松坡图书馆、仿膳、五龙亭，一直到极乐世界，没有一个地方不好。唯惜五龙亭等处，夏天人太闹。极乐世界已破坏得不堪，没有一尊佛像能保得不断胻折臂的。而北海之饶有古趣者，也只有这个地方。那个地方，游人是最少进去的。如果由后面向南走，你便可以走到北海董事会等处，那里也是开放的，有茶座，却极冷落。在五龙亭坐船，渡过海——冬天是坐了冰船滑过去——便是一个圆岛，四面皆水，以一桥和大门相通。岛的中央，高耸着白塔。依山势的高下，随意布置着假山、庙宇、游廊小室，那曲折的工程很足供我们作半日游。

如果，在晴天，倚在漪澜堂前的白石栏杆上，静观着一泓平静不波的湖水，受着太阳光，闪闪地反射着金光出来，湖面上偶然泛着几只游艇，飞过几只鹭鸶，惊起一串的"呷呷"的野鸭，都足够使你留恋个若干时候。但冬天，那是最坏的时候了，这场面上将辟为冰场，红男绿女们在那里奔走驰驶，叫闹不堪。你如果已失去了少年的心，你如果爱清静、爱独游、爱默想，这场面上你最好不必出现。

出了北海的前门，向西走，便是金鳌玉蛛桥。这座白石的大桥，隔断了中南海和北海。北海的白日，如画地映在水面上，而中海的万善殿的全景,也很清晰地可看到。中南海本亦为公园,今则又成了"禁地"。只有东部的一个小地方,所谓万善殿的,是开放着。这殿很小,游人也极冷落,房室却布置得很好。龙王堂的一长排,都是新塑的泥像,很庸俗可厌。但你要是一位细心的人,你便可在一个殿旁的小室里,发现了倚在墙旁无人顾问的两尊木雕的菩萨像。那形态面貌,无一处不美,确是辽金时代的遗物;然一尊则双臂俱折,一尊则胫部只剩了半边。谁还注意到他们呢?报纸上却在鼓吹着龙王堂的神像塑得有精神,为明代的遗物。却不知那是民国三四年间的新物!仍由中南海的后门走出,那斜对过便是北平图书馆,这绿琉璃瓦的新屋,建筑费在一百四十万以上,每年的购书费则不及此数之十二。旧书是并合了方家胡同京师图书馆及他处所藏的,新书则多以庚款购入。在中国可称是最大的图书馆。馆外的花园,邻于北海者,亦以白色栏杆围隔之;唯为廉价之水门汀所制成,非真正的白石也。

由北平图书馆再过金鳌玉蝀桥,向东走,则为故宫博物院。由神武门入院,处处觉得寥寂如古庙,一点生气都没有。想来,在还是"帝王家"的时代,虽聚居了几千宫女、太监们在内,而男旷女怨,也必是"戾气"冲天的。所藏古物,重要者都已南迁,游人们因之也寥落得多。

神武门的对门是景山。山上有五座亭,除当中最高的一亭外,多被破坏。东边的山脚,是崇祯自杀处。春天草绿时,远望景山,如铺了一层绿色的绣毡,异常地清嫩可爱。你如果站在最高处,向南望去,宫城全部,俱可收在眼底。而东交民巷使馆区的无线电台,东长安街的北京饭店,三条胡同的协和医院都因怪不调和而被你所注意。而其余的千家万户则全都隐藏在万绿丛中，看不见一瓦片、一屋顶，仿佛全城便是一片绿色的海。不到这里，你无论如何不会想象得到北平城内的树木是如何地繁密；大家小户，哪一家天井不有些绿色呢。你如站在北面望下时，则钟鼓楼及后门也全都耸然可见。

三大殿和古物陈列所总得耗费你一天的工夫。从西华门或从东华门入，均可。古物陈列所因为古物运走的太多，现在只开放武英殿，然仍有不少好东西。仅李公麟的《击壤图》便足够消磨你半天。那人物，几乎没有一个没精神的，姿态各不相同，却不曾有一懈笔。

三大殿虽空无所有，却宏伟异常。在殿廊上，下望白石的"丹墀"，不能不令你想到那过去的充满了神秘气象的"朝廷"和叔孙通定下的"朝仪"如何能够维持着常在的神秘的尊严性。你如果富于幻想，闭了眼，也许还可以如见那静穆而紧张的随班朝见的文武百官们的精灵的往来。这时有很舒适的茶座。坐在这里，望着一列一列的雕镂着云头的白石栏杆和雕刻得极细致的陛道，是那么样的富于富丽而明朗的美。

你还得费一二天的工夫去游南城。出了前门，便是商业区和会馆区。从前汉人是不许住在内城的，故这南城或外城，便成了很重要的繁盛区域。但现在是一天天地冷落了。却还有几个著名的名胜所在，足供你的流连、徘徊。西边有陶然亭，东边有夕照寺、拈花寺和万柳堂。从前都是文士们雅集之地，如今也都败坏不堪，成为工人们编麻索、织丝线之地。所谓"万柳"也都不存一株。只有陶然亭还齐整些。不过，你游过了内城的北海、太庙、中山公园,到了这些地方,除了感到"野趣"之外,也便全无所得的了。你或将为汉人们抱屈;在二十几年前,他们还都只能局促于此一隅。而内城的一切名胜之地,他们是全被摈斥在外的。别看清人诗集里所歌咏的是那么美好,他们是不得已而思其次的呢!

而现在,被摈斥于内城诸名胜之外的,还不依然是几十百万人吗?

南城的娱乐场所,以天桥为中心。这个地方倒是平民的聚集之所;一切民间的玩意儿,一切廉价的旧货物,这里都有。

先农坛和天坛也是极宏伟的建筑。天坛的工程尤为浩大而艰巨,全是圆形的;一层层的白石栏杆,白石阶级,无数的参天的大柏树,包围着一座圆形的祭天的圣坛。坛殿的建筑,是圆的,四周的阶级和栏杆也都是圆的。这和三大殿的方整,恰好成一最有趣的对照。在这里,在大树林下徘徊着,你也便将勾引起难堪的怀古的情绪的。

这些,都只是游览的经历。你如果要在北平多住些时候,你便要更深刻地领略到北平的生活了。那生活是舒适、缓慢、吟味、享受,却绝对地不紧张。你见过一串的骆驼走过吗?安稳、和平,一步步地随着一声声叮当叮当的大颈铃向前走,不匆忙,不停顿;那些大动物的眼里,表现的是那么和平而宽容,负重而忍辱的性情。这便是北平生活的象征。

和这些宏伟的建筑,舒适的生活相对照的,你不要忘记掉,还有地下的黑暗的生活呢。你如果有一个机会,走进一所"杂合院"里,你便可见到十几家老少男女紧挤在一小院落里住着的情形:孩子们在泥地上爬,妇女们是脸多菜色,终日含怒抱怨着,不时地,有咳嗽的声音从屋里透出。空气是恶劣极了；你如不是此中人，你便将不能作半日留。这些"杂合院"便是劳工、车夫们的居宅。有人说，北平生活舒服，第一件是房屋宽敞，院落深沉，多得阳光和空气。但那是中产以上的人物的话，百分之八九十以上的人口，是住着龌龊的"杂合院"里的，你得明白。

更有甚的，在北城和南城的僻巷里，听说，有好些人家，其生活的艰苦较住"杂合院"者为尤甚，常有一家数口合穿一条裤或一衣的。他们在地下挖了一个洞。有一人穿了衣裤出外了，家中裸体的几人便站在其中。洞里铺着稻草或破报纸，藉以取暖。这是什么生活呢！

年年冬天，必定有许多无衣无食的人，冻死在道上。年年冬天，必定有好几个施粥厂开办起来。来就食的，都是些可怕的窘苦的人们。然也竟有因为无衣而不能到粥厂来就吃的！

"九渊之下，更有九渊。"北平的表面，虽是冷落破败下去，尚未减都市之繁华。而其里面，却想不到是那样地破烂、痛苦、黑暗。

终日徘徊于三海公园乃至天桥的，不是罪人是什么！而你，游览的过客，你见了这，将有动于中，而快快地逃脱出这古城呢，还是想到"我不入地狱，谁入地狱"一类的话呢？

一九三四年十一月三日写

（原载于 1934 年 12 月《中学生》第 50 号）

阅读心得

一座城市，是包容万象的。短时间的接触，我们或许根本无法探知这座城市的底蕴。作者对北平的第一印象是很不好的,漫天飞扬的黄沙使人心生厌恶,可生活了一段时间以后,却开始赞美北平,用大量的篇幅书写了北平富有文化内涵的风景。

写作借鉴

文中,作者首先使用了欲扬先抑的表达方式,可在文章的最后又重新由"扬"转为"抑",感情的起伏变化我们需要细细体会。

作者对北平具有复杂的情感,从刚开始的厌恶,到后来的喜爱,再到细细思索后的感慨,种种不同的情绪融为一体,才是作者最真实的情感。而情感的最终转折,是文章主旨更加倾向的部分,不论表面上多么美丽的城市,都一定有它阴暗的一面,作者将这一观点放在文末,言有尽而意无穷,更能引发读者的思考,有回味无穷的效果。

我们在写作中也要注意情感的安排,如果想要避免情感单一化,"欲扬先抑"就是很好的写作手法。

大 佛 寺

名师导读...

　　人们常常谈起信仰,有人信道,有人信佛。可更多的人没有宗教信仰,比如作者这样的"自由思想者",如果非要说他们也有信仰,那么他们信仰的对象恐怕就是自由和思想吧!

　　祝福那些自由思想者!

　　挂了黄布袋去朝山,瘦弱的老妇、娇嫩的少女、诚朴的村农,一个个都虔诚地一步一挨地,甚至于一步一拜地,登上了山;口里不息地念着佛,见蒲团就跪下去磕头,见佛便点香点烛。自由思想者站在那里看着笑着,"呵,呵,那一班愚笨的迷信者"。一个蓝布衣衫、拖着长辫的农人,一进门便猛拜下去,几乎是朝了他拜着,这使他吓了一跳,便打断了他的思想。

　　几个教徒,立在小教堂门外唱着《赞美诗》,唱完后便有一个在宣讲"道理",四周围上了许多人听着,大多数是好事的小孩子们,自由思想者经过了那里,不禁"嗤"了一声,连站也不一站地走过了。

　　几个教徒陪他进了一座大礼拜堂。礼拜堂门口放了两个大石盆,盛着圣水,教徒们用手蘸了些圣水,在胸前画了一个"十"字,便走进了。大殿的四周都是一方一方的小方格,立着圣像,各有一张奇形的椅子,预备牧师们听忏悔者自白时用的,那里是很庄严的,然而自由思想者是漠然淡然地置之。

祝福那些自由思想者!

然而自由思想者果真漠然淡然吗?

他嗤笑那些专诚的朝山者、传道者、烧香者、忏悔者,真的是!然而他果真漠然淡然吗?

不,不!

黄色的围墙,庄严的庙门,四个极大的金刚神分站左右。一二人合抱不来的好多根大柱,支持着高难见顶的大殿;香烟缭绕着;红烛熊熊地点在三尊金色的大佛之前,签筒滴答滴地作响,时有几声低微的宣扬佛号之声飘过你的耳边。你是被围抱在神秘的伟大的空气中了。你将觉得你自己的空虚,你自己的渺小,你自己的无能力;在那里你是与不可知的运命、大自然、宇宙相见了。你将茫然自失,你将不再嗤笑了。

尖耸天空的高大建筑,华丽而整洁的窗户、地板,雄伟的大殿,十字架上是又苦楚、又慈悲的耶稣,一对对的纯洁无比的白烛燃着。殿前是一个空棺,披罩着绣着白"十"字的黑布,许多教徒的尸体是将移停于此的。静悄悄的一点声响也没有,连苍蝇展翼飞过之声也会使你听见。假使你有意地高喊一声,那你将听见你的呼声凄楚地自灭于空虚中。这里,你又被围抱在别一个伟大的神秘的空气中了,你受到一种不可知的由无限之中而来的压迫,你又觉得你自己是空虚、渺小、无能力。你将茫然自失,你将不再嗤笑了。

便连几缕随风飘荡的星期日的由礼拜堂传出的风琴声、赞歌声以及几声断续的由寺观传到湖上的薄暮的钟声、鼓声,也将使你感到一种压迫、一种神秘、一种空虚。

那些信仰者是有福了。

呵，我们那些无信仰者，终将如浪子似的，如秋叶似的萎落在外、漂流在外面吗？

我不敢想，我不愿想。

我再也不敢嗤笑那些专诚的信仰者。

我怎敢踏进那些"庄严的佛地"呢？然而，好奇心使我们战胜了这些空想，而去访问科仑布的大佛寺。

无涯的天，无涯的海，同样的甲板、餐厅、卧房，同样的人物，同样的起、餐、散步、谈话、睡，真使我们厌倦了；我们渴欲变换一下沉闷空气。于是我们要求新奇的可激动的事物。

到了科仑布，我们便去访问那久已闻名的大佛寺。我们预备着领受那由无限的主者、由庄严的佛地送来的压迫。压迫，究之是比平淡无奇好些的。

呵，呵，我们预备着怎样的心情去瞻仰这古佛、这伟佛，这只有我们自己知道。

到了！一所半西式的殿宇，灰白色的墙，并不庄严的立在南方的晚霞中。到了！我有些不信。那不是我们所想象的"佛地"，没有黄殿，没有高殿，没有一切一切，一进门是一所小园，迎面便是大卧佛所在的地方。我们很不满意，如预备去看一场大决斗的人，只见得了平淡的和解之结局一样的不满意。我们直闯进殿门。刚要揭开那白色嵌花的门帘时，一个穿黄色的和尚来阻止了。"不！"他说："请先脱了鞋子。"于是我们都坐到长凳上脱下了皮鞋，用袜走进光滑可鉴的石板上。微微的由足底沁进阴凉的感触。大佛就在面前了。他慈和地倚卧着，高可一二丈，长可四五丈，似是新塑造的,油漆光亮亮的。四周有许多小佛,高鼻大脸,与中国所塑的罗汉之类面貌很不相同。"那都是新的呢。"同行的魏君说。殿的四周都是壁画,也似乎是新画上去的。佛前有好些大理石的供桌,桌上写着某人献上,也显然是新的。

那不是我们所想象的大佛寺里的大卧佛!

不必说了,我们是错走入一个新的佛寺里来了!

然而,光洁无比的供桌,堆着许多许多"佛花",神秘的花香,一阵阵扑到鼻上来时,有几个土人,带了几朵花来,放在桌上合掌向佛,低微地念念有词;风吹动门帘,那帘上所系的小铜铃,便丁零作声。我呆呆地立住,不忍立时走开。即此小小的殿宇,也给我以所预想的满足。

我并不懊悔!那便是大佛寺,那便是那古旧的大卧佛!

出门临上车时,车夫指着庭中一个大围栏说:"那是一株圣树。"圣树枝叶披离,已是很古老了。树下是一个佛龛,龛前一个黑衣妇人,伏在地上默默地祷告着。

呵,怕吃辣的人,尝到一点辣味已经足够了。

阅读心得

人生一世,有点信仰总是好的。但作者在对宗教考察后,便对其敬而远之,更强烈地坚定对自由思想的信仰。信仰真理,信仰能使人看到真理的那些抽象或具象的东西。

作者呼吁做一个自由思想者吧!不要将你自己托付给虚无缥缈的"神灵"。多读书,多看看智者的观点,同时保持怀疑精神,用理性的思考去判断,去取舍,只有思想的自由,才是真正的自由。

写作借鉴

本文使用了大量的感叹句,使作者表达的情感更强烈。比如"祝福那些自由思想者!""不,不!""那不是我们所想象的大佛寺里的大卧佛!""我并不懊悔!"等,作者的这种强烈的情感贯穿全文,体现了作者对于自由思想的推崇。作为一个不信宗教的人,作者在进入宗教场所时只感受到压抑,而没有半点信仰者身上的那种虔敬和认真,这表现了作者在接受新思想的教育之后,对于世间宣扬的宗教有了新的认识和看法。

我们在写作时,如果全文风格是愤慨的、情绪激昂的,或者态度鲜明的,可以仿照作者的这种写作方式,用感叹句突出表达观点式的情感,使自己的论说更加有力。

苏州赞歌

📖 名师导读....

　　苏州是一座美丽的城市，它有美丽的春色，有小巧精致的园林，有美轮美奂的古建筑，还有珍贵美观的工艺美术品。这是一座富有文化底蕴并承载着厚重的历史的城市。

　　苏州这个天堂似的好地方，只要你逛过一次，你就会永远地爱上了它，会久久地想念着它。它是典型的一个江南的城市，是水乡，又是鱼米之乡。

　　春天的时候，一大片的开着紫花的苜蓿田，夹杂着一块块的娇黄色的油菜花儿的田，还有一望无际的嫩绿可喜的刚刚插好稻秧儿的水田，那色彩本身，就是一幅秀丽无边的绝大的天然的图案画。谁不喜爱这表现着春天的烂漫而又娇嫩的颜色呢？很像维纳斯刚从海水泡沫儿里生了出来。一双眼睛还朦朦松松地带着惶惑之意。它就是春天自己！田埂上还开放着各色各样小花朵，白色的，黄色的，还有粉红色的，深红色的。清澈的春水，顺着大渠小沟，略略地流着。小鸟儿在叫着。合作社的男女社员们，一大早就肩负着锄头、手拿着小筐子下田去了。他们彼此在竞赛着。《青年突击队歌》，高响入云。他们把春天变得更活跃又有精神了。

　　千万盆的茉莉花、代代花和玫瑰花都已从玻璃房里搬出来，在花田里竞媚斗艳，老远地，就嗅到那喷射出来的清馨的香味儿。

站在虎丘山的大石块上，望着桃红柳绿的山景，望着更远的五色斑斓的田野和躺在太阳光底下放亮光的湖泊和小河流。天气老是润滋滋地，不知什么时候就会有一阵春雨，在云端飘洒下来。

走在留园、西园一带的石塘上，望着运河的流水，嘴里吟着："凌波不过横塘路，但目送芳尘去"，足旁有一大块深绿色的菜园，正开着紫中透黑的蚕豆花儿，那不时钻入鼻孔的菜花香，夹杂着泥土气味，甜甜地像要醉人。在西园的略带野趣和荒凉味儿的后花园里，有游人们在等候着大癞头龟在池塘里出现。留园的引人入胜的园景，吸引着更多的外地的客人们。还有城里的许多花园，个个有特色，够你逛个一天半天的，狮子林的假山洞，钻得你不禁嘻嘻哈哈地大惊小怪起来，拙政园不再是几十间东倒西歪的老屋和千百株将枯未倒的老树，显得凄凉暗淡的园林了，它成为精神百倍的大好的游逛的地方。汪氏义庄就剩下靠北面的一带假山和几间房子了，但还别有风趣地吸引着游人们，它们活像是小摆设，不，它们并不小；它们乃是模拟着名山大川而缩小之于寻丈之地的。这显出了我们老祖先们怎样地喜爱自然，又怎样地能够把自然缩小了搬运到家园里来。从一扇小窗里望过去，不是有几棵碧绿的芭蕉树，一峰玲珑剔透的太湖石，还有小小的几株花木吗？那就显得那个屋角勃勃地有生趣、有远趣起来。无梁殿是一座很坚实的古建筑。沧浪亭就在水边，具有渺荡的深趣。中国最古老的《天文图》和《舆地图》就放在孔庙里。许多的记载织工们斗争的石碑，也在玄妙观等处发现。这些美好的园林和重要的古迹名胜，不仅供应了苏州市人民自己和它四乡的工农兵的享用和游逛，而且，更重要的是给予江南一带的特别是大上海市的工农兵以惊喜，以舒畅，以闲憩的休息和快乐。苏州人和扬州人所擅长培植的小盆景，这些苏州市的大大小小的园林，就活像是一座座的大盆景。

苏州不完全是一个游逛的、休息的城市。它有长久的斗争的历史。苏州是中国封建社会的一个典型的手工业城市。织坊老早就成立了，织工们的斗争史值得写成厚厚的几本书。"吴侬软语"的苏州人民，看起来好像很温和，但往往是站在斗争的最前线，勇猛无前，坚忍不屈。它那里产生了不少民族英雄，革命烈士以至劳动模范，他们的故事是可歌可泣的，是十分地感动人的。

苏州城外有一座寒山寺，那是以唐代诗人张继的一首"姑苏城外寒山寺，夜半钟声到客船"而著名的。清初诗人王渔洋，就为了要题一首诗在这寺的山门上，半夜里坐船赶到那里，在山门上用墨笔写了诗，然后就下船离开了，连大殿也没进。到了今天，还有不少人慕名而去到那里。有一口大钟，但已经不是原来的那口钟了，听说原来的钟是被日本帝国主义者盗去的，下落不明。如今，这座本来荒凉不堪的寺院，变成了很华美。有一座盘梯的楼，很精致，是从城里一个旧家搬来的，包括搬运、重建、修整、油漆等等费用，只花上五千元。苏州人民就是会那么勤俭起家的。听说那些美丽的园林，也都是花了不多的钱而都收拾得"有声有色"，漂漂亮亮。

苏州的许多工艺美术品，特别是刺绣、云锦等等，乃是国家的光荣，也是国家的财富。它的农业的成就，乃是属于全国高产地区，供给着许多城市，其农业的生产技术和经验乃是值得推广的。

苏州城和苏州人民是勤俭的，谦虚的，温暖的，却又是那么可喜可爱。凡是到过那里一次的人,准保不会忘了它。

(原载于 1958 年 10 月 30 日《人民日报》)

阅读心得

　　好一座美丽的苏州啊! 它处处都是美的,不仅有鲜花、春水、细柳这样的自然美,更有由园林、农田、寺庙、刺绣而创造的人情美,这些美好的元素组成了一个完整的苏州城。通过作者的描写,我们仿佛身临其境,虽未至苏州,却已经感受到了它的迷人之处。假若有机会,我们不妨也去那里走走,看看这城,是否真如作者笔下这样美好。

写作借鉴

　　作者围绕苏州之美进行了多角度的描写。从大的方面来看,他兼顾了自然风光与人文风光,使我们看到一幅和谐的景象;从小的方面来看,他又分别具体描写了花朵、池塘、寺院等意象,全面描摹了苏州景象,富有画面感,十分抓人眼球。

　　我们在写作中不能只揪住景色进行单一角度的描写,要放宽视野,尝试从不同视角出发,使景象更加直观,给读者以美的体验。

永在的温情

第四编

永在的温情（节选）

——纪念鲁迅先生

📖**名师导读...**

鲁迅先生不仅是一位伟大的文学家、思想家、革命家，私下里还是一位待人和气、热情慷慨的人。在作者的讲述中我们可以清楚地看到，鲁迅的逝去对很多人都产生了巨大影响。

【比喻】

将消息的到来比作闷雷，生动形象地表现了作者对鲁迅去世这一消息极大的震惊。

【直接描写】

正面书写鲁迅先生的身体状况，交代鲁迅先生去世的原因。

十月十九日下午五点钟，我在一家编译所一位朋友的桌上，偶然拿起了一份刚送来的 Evening Post，被这样的一个标题：《中国的高尔基今晨五时去世》，惊骇得一跳。连忙读了下来，这惊骇变成了事实：果然是鲁迅先生去世了！

这消息像闷雷似的，当头打了下来，闷呆坐在那里不言不动。

谁想得到这可怕的噩耗竟这样的突然地来呢？

鲁迅先生病得很久了；间歇地发着热，但热度并不甚高。一年以来，始终不曾好好地恢复过，但也从不曾好好地休息过。半年以来，情形尤显得不好。缠绵在病榻上总有三四个月。朋友们都劝他转地疗养，他自己也有此意。前一个月，听说他要到日本去。但茅盾告诉我，"双十节"那一天还遇见他在 Isis 看 Dobrovsky;中国木刻画展览会,他也曾去参观。总以为他是渐渐地复原了,能够出来走走了。谁又想得到这可怕的噩耗竟这样突然地来呢?

刚在前几天,他还有信给我,说起一部书出版的事;还附带地说,想早日看见《十竹斋笺谱》的刻成。我还没有来得及写回信。

谁想得到这可怕的噩耗竟这样的突然地来呢?

我一夜不曾好好地安心地睡。

第二天赶到万国殡仪馆,站在他遗像的面前,久久地走不开。再一看,他的遗体正在像下,在鲜花的包围里,面貌还是那么清癯而带些严肃,但双眼却永远地闭上了!

我要哭出来,大声地哭,但我那时竟流不出眼泪,泪水为悲戚所灼干了。我站在那里,久久走不开。我竟不相信,他竟是那样突然地便离我们而远远地向不可知的所在而去了。

但他的友谊的温情却是永在的,永在我的心上——也永在他的一切友人的心上,我相信。

初和他见面时,总以为他是严肃的、冷酷的。他的瘦削的脸上,轻易不见笑容。他的谈吐迟缓而有力,渐渐地谈下去,在那里面,你便可以发现其可爱的真挚,热情的鼓励与亲切的友谊。他虽不笑,他的话却能引你笑。和他的兄弟启明先生一样,他是最可谈、最能谈的朋友,你可以坐在他客厅里,他

【反问】

反问句语气更为强烈,"噩耗"一词更是表现了作者对鲁迅逝去的痛心和无奈。

【夸张】

眼泪被灼干而流不出,表明作者悲痛到了极点。

【细节描写】

通过鲁迅的神态和动作表现出他的亲切热情,表现出作者深深的怀念。

那间书室(兼卧室)里,坐上半天,不觉得一点拘束、一点不舒服。什么话都谈。但他的话头却总是那么有力。他的见解往往总是那么正确。你有什么怀疑、不安,由于他的几句话也许便可以解决你的问题,鼓起你的勇气。

失去了这样的一位温情的朋友,就个人讲,将是怎样的一个损失呢?

他最勤于写作,也最鼓励人写作。他会不惮烦地几天几夜地在替一位不认识的青年,或一位不深交的朋友,改削创作,校正译稿。<u>其仔细和小心远过于一位私塾的教师。</u>

他曾和我谈起一件事:有一位不相识的青年寄一篇稿子来请求他改。他仔仔细细地改了寄回去。那青年却写信来骂他一顿,说被改涂得太多了。第二次又寄一篇稿子来,他又替他改了寄回去。这一次的回信,却责备他改得太少。

"现在做事真难极了!"他慨叹地说道。对于人的不易对付和做事之难,他这几年来时时地深切地感到。

但他并不灰心,仍然地在做着吃力不讨好的改削创作,校正译稿的事,挣扎着病躯,深夜里,仔仔细细地为不相识的青年或不深交的朋友在工作。

这样的温情的指导者和朋友,一旦失去了,将怎样地令人感到不可补赎之痛呢!

【对比】
将鲁迅对待青年学生的态度与私塾教师相对比,突出鲁迅的认真和负责任。

【语言描写】
鲁迅先生在给人改稿的过程中感觉到了与人交往的困难,这句话表现了鲁迅先生的无奈。

他所最恨的是那些专说风凉话而不肯切实做事的人。会批评，但不工作；会讥嘲，但不动手；会傲慢自夸，但永远拿不出东西来，像那样的人物，他是不客气地要摈之门外，永不相往来的。所谓无诗的诗人、不写文章的文人，他都深诛痛恶地在责骂。

他常感到"工作"的来不及做，特别是在最近一二年，凡做一件事，都总要快快地做。

"迟了恐怕要来不及了。"这句话他常在说。

那样的清楚的心境，我们都是同样地深切地感到的。想不到他自己真的便是那么快地便逝去，还留下要做的许多事没有来得及做——但，后死者却要继续他的事业下去的！

…………

最早使我笼罩在他温热的友情之下的，是一次讨论到"三言"问题的信。

我在上海研究中国小说，完全像盲人骑瞎马，乱闯乱摸，一点凭借都没有，只是节省着日用，以浅浅的薪入购书，而即以所购入之零零落落的破书，作为研究的资源。那时候实在贫乏得、肤浅得可笑，偶尔得到一部原版的《隋唐演义》，却以为是了不得的奇遇，至于"三言"之类的书，却是连梦魂里也不曾读到。

他的《中国小说史略》的出版，减少了许多我在暗中摸索之苦。我有一次写信问他《醒世恒言》

【正面描写】
用鲁迅先生的主观感受表现出他做事的勤勉认真。

【比喻】
作者将自己在上海做研究时的经历比作"盲人骑瞎马"，生动形象地写出了自己缺乏经验。

【侧面描写】
通过写鲁迅先生对作者的回复，从侧面表现出鲁迅先生待人热情的性格特点。

《警世通言》及《喻世明言》的事，他的回信很快地便来了，附来的是他抄录的一张《醒世恒言》的全目——这张目录我至今还保全在我的一部《中国小说史略》里。他说，《喻世》《警世》，他也没有见到。《醒世恒言》他只有半部。但有一位朋友那里藏有全书。所以他便借了来，抄下目录寄给我。

当时，我对于这个有力的帮助，说不出应该怎样地感激才好。这目录供给了我好几次的应用。

后来，我很想看看《西湖二集》(那部书在上海是永远不会见到的)，又写信问他有没有此书。不料随了回信同时递到的却是一包厚厚的包裹。打开了看时，却是半部明末版的《西湖二集》，附有全图。我那时实在眼光小得可怜，几曾见过几部明版附插图的平话集？见了这《西湖二集》为之狂喜！而他的信道，他现在不弄中国小说，这书留在手边无用，送了给我吧。这贵重的礼物，从一个只见一面的不深交的朋友那里来，这感动是至今跃跃在心头的。

我生平从没有意外的获得。我的所藏的书，一部部都是很辛苦地设法购得的；购书的钱，都是中夜灯下疾书的所得或减衣缩食的所余。一部部书都可看出我自己的夏日的汗、冬夜的凄栗、有红丝的睡眼、右手执笔处的指端的硬茧和酸痛的右臂。但只有这一集可宝贵的书，乃是我书库里唯一的友情的赠予——只有这一部书！

【以小见大】

通过写鲁迅送自己藏书的这件小事，表现了鲁迅的慷慨大度，表现了"我"对鲁迅的感激和怀念。

【做比较】

将鲁迅的赠书与自己的藏书在自己心中的地位做比较，突出了"我"对这本书的珍视。

现在这部《西湖二集》也还堆在我最宝爱的几十部明版书的中间，看了它便要泫然泪下。这可爱的直率的真挚的友情，这不意中的难得的帮助，如今是不能再有了！

但我心头的温情是永在的！——这温情也永在他的一切友人的心上，我相信。

…………

一九三六年十月二十五日写

（原载于 1936 年 11 月《文学》第 7 卷 5 期）

阅读心得

我们都知道，鲁迅先生为我国的文学事业和思想发展都做出了巨大贡献，他是一位不折不扣的"大家"。通过这篇文章，我们看到了鲁迅先生的另一面，他认真勤谨，诲人不倦，对待友人热情慷慨，任谁都会想与之交朋友。可是这样好的一个人竟突然离开了人世，这是作者一时无法接受的。他怀念起曾经跟鲁迅先生交往的日子。虽然他最终还是走了，但是鲁迅对作者产生的影响、给作者留下的温情，是永远不会失去的。

写作借鉴

这篇文章感情真挚，在直接表达情感的文字中穿插了很多作者自己与鲁迅先生交流的一些经历，丰富了文章内容，读来令人感动。其中，每一个小故事都展现了鲁迅先生身上的某一部分特质，如初次见面的场景表现了鲁迅的亲切，鲁迅为学生改稿的故事表现了他的耐心，为作者提供研究材料的故事则体现了他的慷慨和热情。这样的写作手法值得我们细细琢磨。

记黄小泉先生

📚名师导读•••

　　你有没有对哪一位老师印象尤为深刻呢？在这篇文章中，作者回想起自己的国文老师，他的和蔼、忠厚、热心深深影响着作者，成为作者永远不会忘记的良师。

　　我永远不能忘记了黄小泉先生。他是那样地和蔼、忠厚、热心、善诱。受过他教诲的学生们没有一个能够忘记了他。

　　他并不是一位出奇的人物；他没有赫赫之名；他不曾留下什么有名的著作，他不曾建立下什么令年轻人眉飞色舞的功勋。他只是一位小学教员，一位最没有野心的忠实的小学教员。他一生以教人为职业。他教导出不少位的很好的学生。他们都跑出他的前面，跟着时代走去，或被时代拖了走去。但他留在那里，永远地继续地在教诲，在勤勤恳恳地做他的本分的事业。他做了五年，做了十年，做了二十年的小学教员，心无旁鹜，志不他迁，直到他儿子炎甫承继了他的事业之后，他方才歇下他的担子，去从事一件比较轻松些、舒服些的工作。

　　他是一位最好的公民。他尽了他所应尽的最大的责任；不曾一天躲过懒，不曾想到过变更他的途程——虽然在这二十年间尽有别的机会给他向比较轻松些、舒服些的路上走去。他只是不息不倦地教诲着，教诲着，教诲着。

小学校便是他的家庭之外的唯一的工作与游息之所。他没有任何不良的嗜好。连烟酒也都不入口。

有一位工人出身的厂主,在他从绑票匪的铁腕之下脱逃出来的时候,有人问他道:"你为什么会不顾生死地脱逃出来呢?"

他答道:"我知道我会得救。我生平不曾做过一件亏心的事,从工厂出来便到礼拜堂;从家里出来便到工厂。我知道上帝会保佑我的。"

小泉先生的工厂,便是他的学校,而他的礼拜堂也便是他的学校。他是确确实实地不曾到过第三个地方去;从家里出来便到学校,从学校出来便到家里。

他在家里是一位最好的父亲。他当然不是一位公子少爷,他父亲不曾为他留下多少遗产。也许只有一所三四间屋的瓦房——我已经记不清了,说不定这所瓦房还是租来的。他的薪水的收入是很微小的。但他的家庭生活很快活。他的儿子炎甫从小是在他的"父亲兼任教师"的教育之下长大的。炎甫进了中学,可以自力研究了,他才放手。但到了炎甫在中学毕业之后,却因为经济的困难,没有希望升学,只好也在家乡做着小学教员。炎甫的收人极少,对于他的帮助当然是不多。这几十年间,他们的一家,这样地在不充裕的生活里度过。

但他们很快活。父子之间,老是像朋友似的在讨论着什么,在互相帮助着什么。炎甫结了婚。他的妻是我小时候很熟悉的一位游伴。她在他们家里觉得很舒服。他们从不曾有过什么不愉快的争执。

小泉先生在学校里,对于一般小学生的态度,也便是像对待他自己的儿子炎甫一样；不当他们是被教诲的学生们，不以他们为知识的小人们；他只当他们是朋友，最密切亲近的朋友。他极善诱导启发，出之以至诚，发之于心坎。我从不曾看见他对于小学生有过疾言厉色的责备。有什么学生犯下了过错，他总是和蔼地在劝告，在絮谈，在闲话。

没有一个学生怕他，但没有一个学生不敬爱他。

他做了二十年的高等小学校的教员，校长。他自己原是科举出身。对于新式的教育却努力地不断地在学习，在研究，在讨论。在内地，看报的人很少，读杂志的人更少；我记得他却订阅了一份《教育杂志》，这当然给他以不少的新的资料与教导法。

他是一位教国文的教师。所谓国文，本来是最难教授的东西；清末到民国六七年间的高等小学的国文，尤其是困难中之困难。不能放弃了旧的四书五经，同时又必须应用到新的教科书。教高小学生以《左传》《孟子》和《古文观止》之类是"对牛弹琴"之举。但小泉先生却能给我们以新鲜的材料。

我在别一个小学校里，国文教员拖长了声音，板正了脸孔，教我读《古文观止》。我至今还恨这部无聊的选本！

但小泉先生教我念《左传》，他用的是新的方法，我却很感到趣味。

仿佛是到了高小的第二年，我才跟从了小泉先生念书。我第一次有了一位不可怕而可爱的先生。这对于我爱读书的癖性的养成是很有关系的。

高小毕业后，预备考中学。曾和炎甫等几个同学，在一所庙宇里补习国文，教员也便是小泉先生。在那时候，我的国文，进步得最快。我第一次学习着作文。我永远不能忘记了那时候的快乐的生活。

到进了中学校，那国文教师又在板正了脸孔，拖长了声音在念《古文观止》！求小泉先生时代那么活泼善诱的国文教师是终于不可得了！

所以，受教的日子虽不很多，但我永远不能忘记了他。

他和我家有世谊，我和炎甫又是很好的同学，所以，虽离开了他的学校，他还不断地在教诲我。

假如我对于文章有什么一得之见的话，小泉先生便是我的真正的"启蒙先生"，真正的指导者。

我永远不能忘记了他，永远不能忘记了他的和蔼、忠厚、热心、善诱的态度——虽然离开了他已经有十几年，而现在是永不能有再见到他的机会了。

但他的声音笑貌在我还鲜明如昨日！

一九三四年七月九日在张家口车上

（原载于 1934 年 9 月《太白》创刊号）

阅读心得

或许每个人的记忆中都有一位或慈祥或严厉的老师，他们在我们的人生中走过，留下了浓墨重彩的一笔。作者回忆起自己的老师，话语中满是尊敬和怀念。黄小泉先生是一位普通的教员，但对作者来说，他却是一位人生导师。他慈祥而不严厉，教学活泼而不死板，可爱而不可怕，给作者留下了深刻印象。

通读全文，我们可以感受到作者对于黄小泉先生浓浓的怀念之情。作为学生,这种对恩师的感情是尤为强烈的,因此作者的文字才有感人至深的力量。

写作借鉴

　　本文在塑造黄小泉先生的形象时,多处使用了做比较的手法,将自己的老师黄小泉与其他的老师做比较,突出了黄小泉先生认真的教学态度、有趣的教学方法及对待学生时热情的性格。如:"教高小学生以《左传》《孟子》和《古文观止》之类是'对牛弹琴'之举。但小泉先生却能给我们以新鲜的材料。""我在别一个小学校里,国文教员拉长了声音……但小泉先生教我念《左传》,他用的是新的方法,我却很感到趣味。"以上这些例子通过两者的对比,突出了黄小泉先生的性格特点和教学思想,表现了作者对这位先生深深的崇敬。

　　通过对比凸出某一特点是很有效的写作手法,我们在写作中也应多多尝试。

悼夏丏尊先生

名师导读...

平凡人的身上，或许也能在一些时候发出不平凡的光芒。在抗日战争时期，许多普通人身上的不屈精神被激发了出来。喜欢唉声叹气的夏丏尊先生，其实也是个坚强的人！

夏丏尊先生死了，我们再也听不到他的叹息，他的悲愤的语声了；但静静地想着时，我们仿佛还都听见他的叹息、他的悲愤的语声。

他住在沦陷区里，生活紧张而困苦，没有一天不在愁叹着。是悲天？是悯人？

胜利到来的时候，他曾经很天真地高兴了几天。我们相见时，大家都说道："好了，好了！"个个人的脸上似乎都泯没了愁闷，耀着一层光彩。他也同样的说道："好了，好了！"

然而很快地，便又陷入愁闷之中。他比我们敏感，他似乎失望，愁闷得更迅快些。

他曾经很高兴地写过几篇文章；很提出些正面的主张出来。但过了一会，便又沉默下去，一半是为了身体逐渐衰弱的关系。

他是一个自由主义者，反对一切的压迫和统制。他最富于正义感。看不惯一切的腐败、贪污的现象。他自己曾经说道："自恨自己怯弱，没有直视苦难的能力，却又具有着对于苦难的敏感。"

又道："记得自己幼时，逢大雷雨躲入床内；得知家里要杀鸡就立刻逃避；看戏时遇到《翠屏山》《杀嫂》等戏，要当场出彩，预先俯下头去；以及妻每次产时，不敢走入产房，只在别室中闷闷地听着妻的呻吟声，默祷她安全的光景。"（均见《平屋杂文》）

这便是他的性格。他表面上很恬淡，其实，心是热的，他仿佛无所褒贬，其实，心里是泾渭分得极清的。在他淡淡的谈话里，往往包含着深刻的意义。他反对中国人传统的调和与折中的心理。他常常说，自己是一个早衰者，不仅在身体上，在精神上也是如此。他有一篇《中年人的寂寞》：

> 我已是一个中年的人。一到中年，就有许多不愉快的现象，眼睛昏花了，记忆力减退了，头发开始秃脱而且变白了，意兴、体力什么都不如年轻的时候，常不禁会感觉得难以名言的寂寞的情味。尤其觉得难堪的是知友的逐渐减少和疏远，缺乏交际上的温暖的慰藉。

在《早老者的忏悔》里，他又说道：

> 我今年五十，在朋友中原比较老大。可是自己觉得体力减退，已好多年了。三十五六岁以后，我就感到身体一年不如一年，工作起来不得劲，只得是恹恹地勉强挨，几乎无时不觉到疲劳，什么都觉得厌倦，这情形一直到如今。十年以前，我还只四十岁，不知道我年龄的，都以我是五十岁光景的人，近来居然有许多人叫我"老先生"。论年龄，五十岁的人应该

还大有可为，古今中外，尽有活到了七十八十，元气很盛的。
可是我却已经老了，而且早已老了。

这是他的悲哀，但他的并不因此而消极，正和他的不因寂寞而厌世一样。他常常愤慨，常常叹息，常常悲愁。他的愤慨、叹息、悲愁，正是他的入世处。他爱世、爱人，尤爱"执着"的有所为的人和狷介的有所不为的人，他爱年轻人；他讨厌权威，讨厌做作、虚伪的人。他没有心机，表里如一。他藏不住话，有什么便说什么，所以大家都称他"老孩子"。他的天真无邪之处，的确够得上称为一个"孩子"的。

他从来不提防什么人。他爱护一切的朋友，常常担心他们的安全与困苦。我在抗战时逃避在外，他见了面，便问道："没有什么吗？"我在卖书过活，他又异常关切地问道："不太穷困吗？卖掉了可以过一个时期吧。"

"又要卖书了吗？"他见我在抄书目时问道。

我点点头：向来不做乞怜相，装作满不在乎的神气，有点倔强，也有点傲然，但见到他的皱着眉头，同情地叹气时，我几乎也要叹出气来。

他很远地挤上了电车到办公的地方来，从来不肯坐头等，总是挤在拖车里。我告诉他，拖车太颠太挤，何妨坐头等，他总是不改变态度，天天挤，挤不上，再等下一部；有时等了好几部还挤不上。到了办公的地方，总是叹了一口气后才坐下。

"丏翁老了！"朋友们在背后都这么说。我们有点替他发愁，看他显著地一天天地衰老下去。他的营养是那么坏，家里的饭菜不好,吃米饭的时候很少;到了办公的地方时,也只是以一块面包当作午餐。那时候,我们也都吃着烘山芋、面包、小馒头或羌饼之类作午餐,但总想有点牛肉、鸡蛋之类伴着吃,他却从来没有过;偶然是涂些果酱上去,已经算是很奢侈了。我们有时高兴上小酒馆去喝酒,去邀他,他总是不去。

在沦陷时代,他曾经被敌人的宪兵捉去过。据说,有他的照相,也有关于他的记录。他在宪兵队里,虽没有被打,上电刑或灌水之类,但睡在水门汀上,吃着冷饭,他的身体因此益发坏下去。敌人们大概也为他的天真而恳挚的态度所感动吧,后来,对待他很不坏。比别人自由些,只有半个月便被放了出来。

他说,日本宪兵曾经问起了我:"你有见到郑某某吗?"他撒了谎,说道:"好久好久不见到他了。"其实,在那时期,我们差不多天天见到的。他是那么爱护着他的朋友!

他回家后,显得更憔悴了;不久,便病倒。我们见到他,他也只是叹气,慢吞吞地说着经过。并不因自己的不幸的遭遇而特别觉得愤怒。他永远是悲天悯人的——连他自己也在内。

在晚年,他有时觉得很起劲,为开明书店计划着出版辞典;同时发愿要译《南藏》。他担任的是《佛本生经》(Jataka)的翻译,已经译成了若干,有一本仿佛已经出版了。我有一部英译本的Jataka,他要借去做参考,我答应了他,可惜我不能回家,托人去找,遍找不到。等到我能够回家,而且找到 Jataka 时。他已经用不到这部书了。我见到它,心里便觉得很难过,仿佛做了一件不可补偿的事。

他很耿直,虽然表面上是很随和。他所厌恨的事,隔了多少年,也还不曾忘记。有一次,在一个宴会上遇到了一个他在杭州第一师范学校教书时代的浙江教育厅长，他便有点不耐烦，叨叨地说着从前的故事。我们都觉得窘，但他却一点也不觉得。

他是爱憎分明的！

他从事于教育很久，多半在中学里教书。他对待学生们从来不采取严肃的督责的态度。他只是恳挚地诱导着他们。

> ……我入学之后，常听到同学们谈起夏先生的故事，其中有一则我记得最牢，感动得最深的，是说夏先生最初在一师兼任舍监的时候，有些不好的同学，晚上熄灯，点名之后，偷出校门，在外面荒唐到深夜才回来；夏先生查到之后，并不加任何责罚，只是恳切地劝导，如果一次两次仍不见效；于是夏先生第三次就守候着他，无论怎样夜深都守候着他，守候着了，夏先生对他仍旧不加任何责罚，只是苦口婆心，更加恳切地劝导他，一次不成，二次，二次不成，三次……总要使得犯过者真心悔过，彻底觉悟而后已。
>
> ——许志行：《不堪回首悼先生》

他是上海立达学园的创办人之一，立达的几位教师对于学生们所应用的也全是这种恳挚的感化的态度。他在国立暨南大学做过国文系主任，因为不能和学校当局意见相同，不久，便辞职不干。此后，便一直过着编译的生活，有时，也教教中学。学生们对于他，印象都非常深刻，都敬爱着他。

他对于语文教学，有湛深的研究。他和刘薰宇合编过一本《文章作法》，和叶绍钧合编过《文章讲话》《阅读与写作》及《文心》，也像做国文教师时的样子,细心而恳切地谈着作文的心诀。他自己作文很小心,一字不肯苟且;阅读别人的文章时,也很小心,很慎重,一字不肯放过。从前,《中学生》杂志有过"文章病院"一栏,批评着时人的文章,有发必中;便是他在那里主持着的;他自己也动笔写了几篇东西。

古人说"文如其人"。我们读他的文章,确有此感。我很喜欢他的散文,每每劝他编成集子。《平屋杂文》一本,便是他的第一个散文集子。他毫不做作,只是淡淡地写来,但是骨子里很丰腴。虽然是很短的一篇文章,不署名的,读了后,也猜得出是他写的。在那里,言之有物,是那么深切地混和着他自己的思想和态度。

他的风格是朴素的,正和他为人的朴素一样。他并不堆砌,只是平平地说着他自己所要说的话。然而,没有一句多余的话、不诚实的话,字斟句酌,决不急就。在文章上讲,是"盛水不漏"、无懈可击的。

他的身体是病态的胖肥,但到了最后的半年,显得瘦了,气色很灰暗。营养不良,恐怕是他致病的最大原因。心境的忧郁,也有一部分的因素在内。友人们都说他"一肚皮不合时宜"。在这样一团糟的情形之下,"合时宜"的都是些何等人物,可想而知。怎能怪丏尊的牢骚太多呢!

想到这里,便仿佛还听见他的叹息,他的悲愤的语声在耳边响着。他的忧郁的脸、病态的身体,仿佛还在我们的眼前出现。然而他是去了!永远地去了!那悲天悯人的语调是再也听不到了!

如今是,那么需要由叹息、悲愤里站起来干的人,他如不死,可能会站起来干的。这是超出于友情以外的一个更大的损失。

（原载于1946年6月出版的《文艺复兴》第1卷第5期）

阅读心得

　　作者从夏丏尊先生身上，看到了许许多多的闪光点。他是一个容易陷入愁闷的人，但他并不因此而消极，他爱世、爱人，没有心机，表里如一。从大家给夏先生起的外号"老孩子"上，我们便可看出这一点。

　　他爱护自己的朋友，耿直而随和，同时又是一个爱憎分明的人。在被日本宪兵问话时，他会为自己的朋友隐瞒真相；在与教育厅的厅长谈话时，他坦然地谈起旧事而不觉得窘；而在教育学生时，他会恳挚地诱导，十分负责。

写作借鉴

　　在这篇文章中，作者向我们讲述了夏丏尊先生的很多小故事，从中表现出他的性格特点及作者对他的怀念。比如夏丏尊先生为了好友的安全而撒谎一事、为书店出版词典一事、对顽皮学生的处理方法一事等，在这些事例中，作者为我们塑造了一个立体的夏丏尊老先生的形象。

　　通过事例来表现人物性格特点可以使文章更具真实性，使自己的论说更令人信服，值得我们学习。

悼许地山先生

名师导读....

作者写了很多悼念友人的文章，每一篇都各有特色。在这篇文章中，作者要向我们介绍他的好友许地山。让我们从作者细致的描写中去感受那真挚的友情和深深的怀念。

许地山先生在抗战中逝世于香港。我那时正在上海蛰居，竟不能说什么话哀悼他——但心里是那么沉痛凄楚着。我没有一天忘记了这位风趣横逸的好友。他是我学生时代的好友之一，真挚而有益的友谊，继续了二十四五年，直到他的死为止。

人到中年便哀多而乐少。想起半生以来的许多友人们的遭遇与死亡，往往悲从中来，怅惘无已。有如雪夜山中，孤寺纸窗，卧听狂风大吼，身世之感，油然而生。而最不能忘的，是许地山先生和谢六逸先生，六逸先生也是在抗战中逝去的。记得二十多年前，我住在宝兴西里，他们俩都和我同住着，我那时还没有结婚，过着刻板似的编辑生活，六逸在教书，地山则新从北方来。每到傍晚，便相聚而谈，或外出喝酒。我那时心绪很恶劣，每每借酒浇愁，酒杯到手便干。常常买了一瓶葡萄酒来，去了瓶塞，一口气咕嘟嘟地都灌下去。有一天，在外面小酒店里喝得大醉归来，他们俩好不容易地把我扶上电车，扶进家门口。一到门口，我见有一张藤的躺椅放在小院子里，便不由自主地躺了下去，沉沉入睡。第二天醒来，却睡在床上。原来他们俩好不容易地又设法把我抬上楼，替我脱了衣服鞋子。我自己是一点知觉也没有了。一想起这两位挚友都已辞世，再见不到他们，再也听不到他们的语声，心里便凄楚欲绝。为什么"悲哀"这东西老跟着人跑呢？为什么跑到后来，竟越跟越紧呢?

地山在北平燕京大学念书。他家境不见得好。他的费用是由闽南某一个教会负担的。他曾经在南洋教过几年书，他在我们这一群未经世故人情磨炼的年轻人里，天然是一个老大哥。他对我们说了许多我们从来没有听到过的话。他有好些书，西文的，中文的，满满地排了两个书架。这是我所最为羡慕的。我那时还在省下车钱来买杂志的时代，书是一本也买不起的。我要看书，总是向人借。有一天傍晚，太阳光还晒在西墙，我到地山宿舍里去。在书架上翻出了一本日本翻版的《泰戈尔诗集》，读得很高兴。站在窗边，外面还亮着。窗外是一个水池，池里有些翠绿欲滴的水草，人工的流泉，在淙淙地响着。

"你喜欢泰戈尔的诗吗？"

我点点头，这名字我是第一次听到，他的诗，也是第一次读到。

他便和我谈起泰戈尔的生平和他的诗来。他说道，"我正在译他的《吉檀迦利》呢。"随在抽屉里把他的译稿给我看。他是用古诗译的，很晦涩。

"你喜欢的还是《新月集》吧。"便在书架上拿下一本书来。"这便是《新月集》，"他道，"送给你；你可以选着几首来译。"

我喜悦地带了这本书回家。这是我译泰戈尔诗的开始。后来，我虽然把英文本的《泰戈尔集》陆续地全都买了来，可是得书时的喜悦，却总没有那时候所感到的深切。

我到了上海，他介绍他的二哥敦谷给我。敦谷是在日本学画的。一位孤芳自赏的画家，与人落落寡合，所以，不很得意。我编《儿童世界》时，便请他为我作插图。第一年的《儿童世界》，所有的插图全出于他的手。后来，我不编这周刊了，他便也辞职不干。他受不住别的人的指挥什么的，他只是为了友情而工作着。

地山有五个兄弟，都是真实的君子人。他曾经告诉过我，他的父亲在台湾做官。在那里有很多的地产。当台湾被日本占去时，曾经宣告过，留在台湾的，仍可以保全财产，但离开了的，却要把财产全部没收。他父亲召集了五个兄弟们来，问他们谁愿意留在台湾，承受那些财产，但他们全都不愿意。他们一家便这样地舍弃了全部资产，回到了大陆。因此，他们变得很穷。兄弟们都不能不很早地各谋生计。

他父亲是邱逢甲的好友。一位仁人志士，在台湾被占时代，尽了很多的力量，写着不少慷慨激昂的诗。地山后来在北平印出了一本诗集。他有一次游台湾，带了几十本诗集去，预备送给他的好些父执，但在海关上，被日本人全部没收了。他们不允许这诗集流入台湾。

地山结婚得很早。生有一个女孩子后，他的夫人便亡故。她葬在静安寺的坟场里。地山常常一清早便出去，独自到了那坟地上，在她坟前，默默地站着，不时地带着鲜花去。过了很久，他方才续弦，又生了几个儿女。

他在燕大毕业后，他们要叫他到美国去留学，但他却到了牛津。他学的是比较宗教学。在牛津毕业后，他便回到燕大教书。他写了不少关于宗教的著作；他写着一部《道教史》，可惜不曾全部完成。他编过一部《大藏经引得》。这些，都是扛鼎之作，别的人不肯费大力从事的。

茅盾和我编《小说月报》的时候，他写了好些小说，像《换巢鸾凤》之类，风格异常地别致。他又写了一本《无从投递的邮件》，那是真实的一部伟大的书，可惜知道的人不多。

最后，他到香港大学教书，在那里住了好几年，直到他死。他在港大，主持中文讲座，地位很高，是在"绅士"之列的。在法律上有什么中文解释上的争执，都要由他来下判断。他在这时期，帮助了很多朋友们。他提倡中文拉丁化运动，他写了好些论文，这些，都是他从前所不曾从事过的。他得到广大的青年们的拥护。他常常参加座谈会，常常出去讲演。他素来有心脏病，但病状并不显著，他自己也并不留意静养。

有一天，他开会后回家，觉得很疲倦，汗出得很多，体力支持不住，便移到山中休养着。便在午夜，病情太坏，没等到天亮，他便死了。正当祖国最需要他的时候，正当他为祖国努力奋斗的时候，病魔却夺了他去。这损失是属于国家民族的，这悲伤是属于全国国民们的。

他在香港，我个人也受过他不少帮助。我为国家买了很多的善本书，为了上海不安全，便寄到香港去；曾经和别的人商量过，他们都不肯负这责任，不肯收受，但和地山一通信，他却立刻答应了下来。所以，三千多部的元明本书、抄校本书，都是寄到港大图书馆，由他收下的。这些书，是国家的无价之宝；虽然在日本人陷香港时曾被他们全部取走，而现在又在日本发现，全部要取回来，但那时如果仍放在上海，其命运恐怕要更劣于此——也许要散失了，被抢得无影无踪了。这种勇敢负责的行为，保存民族文化的功绩，不仅我个人感激他而已！

他名赞堃，写小说的时候，常用"落花生"的笔名。"不见落花生吗？花不美丽，但结的实却用处很大，很有益。"当我问他取这笔名之意时，他答道。

他的一生都是有益于人的；见到他便是一种愉快。他胸中没有城府。他喜欢谈话。他的话都是很有风趣的，很愉快的。老舍和他都是健谈的。他们俩曾经站在伦敦的街头，谈个三四个钟点，把别的约会都忘掉。我们聚谈的时候，也往往消磨掉整个黄昏，整个晚上而忘记了时间。

他喜欢做人家所不做的事。他收集了不少小古董，因为他没有多余的钱买珍贵的古物。他在北平时，常常到后门去搜集别人所不注意的东西。他有一尊元朝的木雕像，绝为隽秀，又有元代的壁画碎片几方，古朴有力。他曾经搜罗了不少"压胜钱"，预备做一部压胜钱谱，抗战后，不知这些宝物是否还保存无恙。他要研究中国服装史，这工作到今日还没有人做。为了要知道"纽扣"的起源，他细心地在查古画像，古雕刻和其他许多有关的资料。他买到了不少摊头上鲜有人过问的"喜神像"，还得到很多玻璃的画片。这些，都是与这工作有关的。可惜牵于他故，牵于财力、时力，这伟大的工作，竟不能完成。

我写中国版画史的时候，他很鼓励我。可惜这工作只做了一半，也困于财力而未能完工。我终要将这工作完成的，然而地山却永远见不到它的全部了！

他心境似乎一直很愉快，对人总是很高兴的样子。我没有见他疾言厉色过；即遇怫意的事，他似乎也没有生过气。然而当神圣的抗战一开始，他便挺身出来，献身给祖国，为抗战做着应该做的工作。

抗战使这位在研究室中静静地工作着的学者，变为一位勇猛的斗士。

他的死亡，使香港方面的抗战阵容失色了。他没有见到胜利而死，这不幸岂仅是他个人的而已！

他如果还健在，他一定会更勇猛地为和平建国、民主自由而工作着的。

失去了他，不仅是失去了一位真挚而有益的好友，而且是，失去了一位最坚贞、最有见地、最勇敢的同道的人。我的哀悼实在不仅是个人友情的感伤！

（原载于1946年7月出版的《文艺复兴》第1卷第6期）

阅读心得

　　作者又一位好友去世了，他怀着悲痛的心情写下这篇文字。作者从二十多年前与许地山先生第一次相遇的经历谈起；接着写到许地山在燕京大学上学时，曾将自己珍藏的《泰戈尔诗集》借给自己，在文学上给了自己很多建议；然后讲到许地山的家庭，他的兄弟和父亲都是正人君子、仁人志士，这样的家庭氛围培养不出庸人；最后，作者谈到许地山先生为中国的文学和文化做出的贡献时，感慨不已，他对许地山先生的人品和作为都十分敬佩。

　　从文章中我们可以看到，作者口中的许地山先生是一个坚贞不移、热爱文学、忠于祖国、甘于献身、勇敢无畏的人，他的一生为抗战事业和文学事业都做出了重要的贡献。在抗日战争时期,有多少像他这样大无畏的人勇敢地站了出来,为了和平建国而奉献生命? 我们应当对他们怀有感恩和崇敬之心。

写作借鉴

这篇文章有一个显著特点,那就是先点出了段落主旨,再进行阐释和讲解,例如"地山有五个兄弟,都是真实的君子人。""他在香港,我个人也受过他不少帮助""他的一生都是有益于人的;见到他便是一种愉快"等,都是段落的第一句,这些句子将各个段落要讲述的内容提前告诉了读者,使作者的观点更能给人留下深刻印象。

哭佩弦

名师导读……

　　我们在课本上学过朱自清的《背影》和《匆匆》,对他有了一定的了解,通过这篇文章,我们可以再从作者的笔下更加深入地去认识他。

　　从抗战以来,接连的有好几位少年时候的朋友去世了。哭地山、哭六逸、哭济之,想不到如今又哭佩弦了。在朋友们中,佩弦的身体算是很结实的。矮矮的个子,方而微圆的脸,不怎么肥胖,但也决不瘦。一眼望过去,便是结结实实的一位学者。说话的声音,徐缓而有力。不多说废话,从不开玩笑;纯然是忠厚而笃实的君子。写信也往往是寥寥的几句,意尽而止。但遇到讨论什么问题的时候,却滔滔不绝。他的文章,也是那么地不蔓不枝,恰到好处,增加不了一句,也删节不掉一句。

　　他做什么事都负责到底。他的《背影》,就可作为他自己的一个描写。他的家庭负担不轻,但他全力地负担着,不叹一句苦。他教了三十多年的书,在南方各地教,在北平教;在中学里教,在大学里教。他从来不肯马马虎虎地教过去。每上一堂课,在他是一件大事。尽管教得很熟的教材,但他在上课之前,还须仔细地预备着。一边走上课堂,一边还是十分地紧张。记得在清华大学的时候,有一次我在他办公室里坐着,见他紧张地在翻书。我问道:

"下一点钟有课吗？"

"有的，"他说道，"总得要看看。"

像这样负责的教员，恐怕是不多见的。他写文章时，也是以这样的态度来写。写得很慢，改了又改，决不肯草率地拿出去发表。我上半年为《文艺复兴》的《中国文学研究》号向他要稿子，他寄了一篇《好与巧》来；这是一篇结实而用力之作。但过了几天，他又来了一封快信，说，还要修改一下，要我把原稿寄回给他。我寄了回去。不久，修改的稿子来了，增加了不少有力的例证。他就是那么不肯马马虎虎地过下去的！

他的主张，向来是老成持重的。

将近二十年了，我们同在北平。有一天，在燕京大学南大的一位友人处晚餐。我们热烈地辩论着"中国字是不是艺术"的问题。向来总是"书画"同称，我却反对这个传统的观念。大家提出了许多意见。有的说，艺术是有个性的；中国字有个性，所以是艺术。又有的说，中国字有组织，有变化，极富于美术的标准。我却极力地反对着他们的主张。我说，中国字有个性，难道别国的字便表现不出个性了吗？要说写得美，那么，梵文和蒙古文写得也是十分匀美的。这样的辩论，当然是不会有结果的。

临走的时候，有一位朋友还说：他要编一部《中国艺术史》，一定要把中国书法的一部门放进去。我说，如果把"书"也和"画"同样的并列在艺术史里，那么，这部艺术史一定不成其为艺术史的。

当时，有十二个人在座。九个人都反对我的意见。只有冯芝生和我意见全同。佩弦一声也不言语。我问道：

"佩弦，你的主张怎样呢？"

他郑重地说道:"我算是半个赞成的吧。说起来,字的确是不应该成为美术。不过,中国的书法,也有他长久的传统的历史。所以,我只赞成一半。"

这场辩论,我至今还鲜明地在眼前。但老成持重,一半和我同调的佩弦却已不在人间,不能再参加那么热烈的争论了。

这样的一位结结实实的人,怎么会刚过五十便去世了呢? ——我说"结结实实",这是我十多年前的印象。在抗战中,我们便没有见过。在抗战中,他从北平随了学校撤退到后方。他跟着学生徒步跑,跑到长沙,又跑到昆明。还照料着学校图书馆里搬出来的几千箱的书籍。这一次的长征,也许使他结结实实的身体开始受了伤。

在昆明联大的时候,他的生活很苦。他的夫人和孩子们都不能在身边,为了经济的拮据,只能让他们住在成都。听说,食米的恶劣,使他开始有了胃病。他是一位有名的衣履不周的教授之一。冬天,没有大衣,把马夫用的毡子裹在身上,就作为大衣;而在夜里,这一条毡子便又作为棉被用。

有人来说,佩弦瘦了,头上也有了白发。我没有想象到佩弦瘦到什么样子;我的印象中,他始终是一位结结实实的矮个子。

胜利以后,大家都复员了,应该可以见到。但他为了经济的关系,径从内地到北平去,并没有经过南方。我始终没有见到瘦了后的佩弦。

在北平,他还是过得很苦,他并没有松下一口气来。

暑假后,是他应该休假的一年。我们都盼望他能够到南边来游一趟,谁知道在假期里他便一瞑不视了呢? 我永远不会再有机会见到瘦了后的佩弦了!

佩弦虽然在胜利三年后去世,其实他是为抗战而牺牲者之一。那么结结实实的身体,如果不经过抗战的这一个阶段的至窘极苦的生活,他怎么会瘦弱了下去而死了呢? 他的致死的病是胃溃疡与肾脏炎。积年的吃了多沙粒与稗子的配给米,是主要的原因;积年的缺乏营养与过度的工作,使他一病便不起。尽管有许多人发了国难财,胜利财,乃至汉奸们也发了财而逍遥法外,许多瘦子都变成了肥头大脸的胖子,但像佩弦那样的文人、学者与教授,却只是天天地瘦下去,以至于病倒而死。就在胜利后,他们过的还是那么苦难的日子与可悲愤的生活。

在这个悲愤苦难的时代,连老成持重的佩弦,也会是充满了悲愤的。在报纸上,见到有佩弦签名的有意义的宣言不少。他曾经对他的学生们说,"给我以时间,我要慢慢地学",他在走上一条新的路上来了。可惜的是,他正在走着,他的旧伤痕却使他倒了下去。

他花了整整一年工夫,编成《闻一多全集》。他既担任着这一个工作,他便勤勤恳恳的专心一志的负责到底地做着。《闻一多全集》的能够出版,他的力量是最大的;他所费的时间也最多。我们读到他的《闻一多全集》的序,对于他的"不负死友"的精神,该怎样地感动。

地山刚刚走上一条新的路,便死了;如今佩弦又是这样。过了中年的人要蜕变是不容易的。而过了中年的人经过了这十多年的折磨之后,又是多么脆弱啊! 佩弦的死,不仅是朋友们该失声痛哭,哭这位忠厚笃实的好友的损失,而且也是中国的一个重大的损失,损失了那么一位认真而诚恳的教师、学者与文人!

一九四八年八月十七日写于上海

（原载于 1948 年 9 月 15 日《文讯》9 卷第 3 期）

阅读心得

　　作者看着好友一个一个离自己而去,不由得心痛不已。在作者的笔下,朱自清是一个身体结实、做事认真负责、老成持重、忠厚笃实的文人。朱自清作为一名教师,对学生极为认真负责,即使对课本已经烂熟于心,但在每次上课之前仍然要认真备课,这种精神值得学习。他在表达意见之前,总要深思熟虑,不肯随意发表见解,这也是他稳重的体现。这样的一位先生,却因为抗战时期的至窘极苦的生活坏了身体,最终逝去,多么让人惋惜!

写作借鉴

　　作者为了展现朱自清先生的性格特点,选取了几个典型事例,其中,对朱先生的语言描写对人物形象的设立起了很大的作用。如朱先生备课时说"总要看看",表现了他的认真和负责;在被要求表达观点时朱先生说"我只赞成一半",这体现了他的老成持重。

　　语言是人物形象的一个重要方面,有时候三言两语也能突出人物的性格特征,我们要善加使用。

韬奋的最后

名师导读 . . . .

邹韬奋是一位英年早逝的爱国主义战士,他一生忙于爱国救亡运动,为实现胜利做出了重大贡献,却因为癌症不幸过早逝去。作者在这篇文章中寄寓了他对邹韬奋深深的惋惜之情。

韬奋的身体很衰弱,但他的精神却是无比地踔厉。他自香港撤退,历尽了苦辛,方才到了广东东江一带地区。在那里住了一时,还想向内地走。但听到一种不利于他的消息,只好改道到别的地方去。天苍苍,地茫茫,自由的祖国,难道竟摈绝着他这样一位为祖国的自由而奋斗的子孙吗?

他在这个时候,开始感觉到耳内作痛,头颅的一边,也在隐隐作痛。但并不以为严重。医生们都看不出这是什么病。

他要写文章,但一在提笔思索,便觉头痛欲裂。这时候,他方才着急起来,急于要到一个医诊方便的地方就医。于是间关奔驰,从浙东悄悄地到了上海。为了敌人们对于他是那样地注意,他便不得不十分地谨慎小心。知道他的行踪的人极少。

他改换了一个姓名,买到了市民证,在上海某一个医院里就医。为了安全与秘密,后来又迁徙了一二个医院。

他的病情一天天地坏。整个脑壳都在作痛,痛得要炸裂开来,痛得他终日夜不绝地呻吟着。鼻孔里老淌着脓液。他不能安睡，也不能起坐。

医生断定他患的是脑癌，一个可怕的绝症。在现在的医学上，还没有有效的医治方法。但他自己并不知道。他的夫人跟随在他身边。医生告诉她：他至多不能活到二星期。但他在病苦稍闲的时候，还在计划着以后的工作。他十分焦急地在等候他的病的离体。他觉得祖国还十分地需要着他，还在急迫地呼唤着他。他不能放下他的担子。

有一个短时期，他竟觉得自己仿佛好了些。他能够起坐，能够谈话，甚至能够看报。医生也惊奇起来，觉得这是一个奇迹：在病理上被判定了死刑和死期的人怎么还会继续地活下去，而且仿佛有倾向于痊愈的可能，医生觉得有点不可思议。

这时期，他谈了很多话，拟定了很周到的计划。但他也想到，万一死了时，他将怎样指示他的家属们和同伴们。他要他的一位友人写下了他的遗嘱。但他却是绝对地不愿意死。他要活下去，活下去为祖国而工作。他想用现代的医学，使他能够继续地活下去。

他有句很沉痛的话，道："我刚刚看见了真理，刚刚找到了自己要走的路，难道便这样地死了吗？"

没有一个人比他更真实地需要生命，不是为了自己，而是为了真理，而是为了祖国。

他的精神的力量，使他的绝症支持了半年之久。

到了最后，病状蔓延到了喉头。他咽不下任何食物，连流汁的东西也困难。只好天天打葡萄糖针，以延续他的生命。

他不能坐起来。他不断地呻吟着。整个头颅，像在火焰上烤，像用钢锯在解锯,像用斧子在劈,用大棒在敲打,那痛苦是超出于人类所能忍受的。他的话开始有些模糊不清,然而他还想活下去。他还想,他总不至于这样地死去的。

他的夫人自己动手为他打安眠药的针,几乎不断地连续地打。打了针,他才可以睡一会。暂时从剧痛中解放出来。刚醒过来的时候,精神比较好,还能够说几句话。但隔了几分钟,一阵阵的剧痛又来袭击着他了。

他的几个朋友觉到最后的时间快要到来,便设法找到我蛰居的地方,要我去看望他。我这时候才第一次知道他在上海和他的病情。

我们到了一条冷僻的街上,一所很清静的小医院,走了进去。静悄悄的一点声息都没有。自己可以听见自己呼吸的声音。

我们推开病室的门,他夫人正悄悄地坐在一张椅上,见我们进来,点点头,悄悄地说道:"正打完针,睡着了呢。"

"昨夜的情形怎样?"

"同前两天相差不了多少。"

"今早打过几回针?"

"已经打了三次了。"

这种针本来不能多打,然而他却依靠着这针来减轻他的痛楚。医生们决不肯这样连续地替他打的,所以只好由他夫人自己动手了。

我带着沉重的心,走近病床,从纱帐外望进去,已经不大认识躺在那里的便是韬奋他自己了。因为好久不剃,胡须已经很长。面容瘦削苍白得可怕。胸部简直一点肉都没有,隔着医院特用的白被单，根根肋骨都隆起着。双腿瘦小得像两根小木棒。他闭着双眼，呼吸还相当匀和。

我不敢说一句话，静静地在等候他的醒来。

小桌上的大鹏钟在嘀嗒嘀嗒的一秒一秒地走着。

窗外是一片灰色的光，一个阴天，没有太阳，也没有雨，也没有风。小麻雀在"唧唧"地叫着，好像只有它们在享受着生命。

等了很久，我觉得等了很久，韬奋在转侧了，呻吟了，脓水不断地从鼻孔中流出，他夫人用棉花拭干了它。他睁开了眼，眼光还是有神的。他看到了我，微弱地说道："这些时候过得还好吧？"几乎是一个字一个字挣扎出来的。

我说："没有什么，只是躲藏着不出来。"

他大睁了眼睛还要说什么，可是痛楚来了，他咬着牙，一阵阵地痉挛，终于爆出了叫喊。

"你好好地养着病吧，不要多说话了。"我忍住了我要问他的话，那么多要说的话。连忙离开了他的床前，怕增加他的痛楚。

"替我打针吧。"他呻吟地说道。

他夫人只好又替他打了一针。

于是隔了一会，他又闭上了眼沉沉睡去。

病房里恢复了沉寂。

我有许多话都倒咽了下去，他也许也有许多话想说而未说。我静静地望着他，在数着他的呼吸，不忍离开。一离开了，谁知道是不是便永别了呢。

"我们走吧。"那位朋友说，我才蓦然地从沉思中醒来。我们向他夫人悄悄说声"再会"，轻轻地掩上了门，退了出来。

"恐怕不会有希望的了。"我道。

"但他是那么样想活下去呢!"那个朋友道。

我恨着现代的医学者为什么至今还不曾发明一种治癌症的医方,我怨着为什么没有一个医生能够设法治愈了他的这个绝症。

我祷求着,但愿有一个神迹出现,能使这个祖国的斗士转危为安。

隔了十多天没有什么消息。我没有能再去探望他,恐怕由我身上带给他麻烦。

有一天,那位朋友又来了,说道:"韬奋昨天晚上已经故世了!今天下午在上海殡仪馆大殓。"

我震动了一下,好几秒钟说不出一句话来。

我低了头,默默地为他志哀。

固然我晓得他要死,然而我感觉他不会死,不应该死。

他为了祖国,用尽了力量,要活下去,然而他那绝症却不容许多活若干时候。

他是那样地不甘心地死去!

我从来没有看见像他那样的和死神搏斗得那么厉害的人。医生们断定了一二星期死去的人,然而他却继续地活了半年。直到最后,他还想活着,还想活着为祖国而工作!

这是何等的勇气,何等的毅力!忍受着半年的为人类所不能忍受的苦,日以继夜地忍受着,呻吟着,只希望赶快愈好,只愿着有一天能够愈好,能够为祖国做事。

然而他斗不过死神!抱着无穷的遗憾而死去!

他仍用他的假名入殓,用他的假名下葬,生怕敌人们的觉察。

后来,韬奋死的消息,辗转地从内地传出;却始终只有极少数的人知道他是死在上海的。敌人们努力地追寻着邹韬奋的线索,不问生的或死的,然而他们在这里却失败了! 他们的爪牙永远伸不进爱国者们的门缝里去! 他们始终迷惘着邹韬奋的生死和所在地的问题。

到了今天,我们可以成群地携着鲜花到韬奋墓地上凭吊了! 凭吊着这位至死还不甘就死的爱祖国的斗士!

阅读心得

"我刚刚看见了真理, 刚刚找到了自己要走的路, 难道便这样地死了吗?"邹韬奋的这段话让人动容, 这句话里包含着多少遗憾, 包含着多少不甘啊! 一个爱国主义战士, 这样不幸地遭受着病魔的折磨, 而那些汉奸走狗和侵略者却享受着到处搜刮来的民脂民膏, 这是多么不公平的一件事! 邹韬奋是一个战士、一位英雄, 永远值得我们敬佩和怀念。

写作借鉴

本文值得借鉴的是它的细节描写。比如:"面容瘦削苍白得可怕。胸部简直一点肉都没有,隔着医院特用的白被单,根根肋骨都隆起着。""韬奋在转侧了,呻吟了,脓水不断地从鼻孔中流出。"这些描写极为细致地展现了邹韬奋重病之中的样子,读来让人心痛。我们要在写作中重视细节描写的使用,从而使人物形象更具真实感。

读后感

　　郑振铎是我国现代杰出的爱国主义者和社会活动家、作家、翻译家、文学评论家，他对中国的文化事业和文学学术方面做出了重要的贡献。在文学创作方面，他创作了大量优秀的文学作品，还与茅盾一起创办了《小说月报》杂志，这一杂志至今仍然具有极强的生命力。在文学理论方面，他倡导坚持革命的现实主义文学理论，强调文学在社会改革中的功能，提倡文学为人民服务。在文学研究方面，他尤为重视民间文学和小说、戏曲的资料收集和研究，为这类材料的编纂做出了很多贡献。

　　郑振铎的《猫》被选入中学语文课本。在这篇文章中，他描写了小资产阶级家庭的生活，通过一家人养猫的过程展现了他跌宕起伏的复杂情感。也是从这篇文章开始，郑振铎的创作个性逐渐走向成熟。这篇文章还有丰富的象征意义，作为接受了"新思想"熏陶的进步青年，郑振铎对"五四"时期所呼吁的"民主"和"自由"尤为向往，他的这种思想在本篇文章中得以体现。

　　迫于形势的压力，郑振铎不得不远走欧洲。因此我们可以看到，在他的作品中不乏一些思乡情怀浓厚的文章。

真题演练

一、选择题

1. 下列说法正确的一项是（   ）。

A.古体诗分为律诗和绝句,绝句一般为八句,分为首联、颈联和尾联。

B.郑振铎先生的《猫》《海燕》和《鹈鹕与鱼》都是脍炙人口的名篇,值得我们反复阅读。

C.《孔乙己》《从百草园到三味书屋》都出自鲁迅的回忆性散文集《朝花夕拾》。

D.戏剧《威尼斯商人》、小说《天上的街市》、童话《皇帝的新装》、神话《女娲造人》、寓言《蚊子和狮子》——文学体裁的多样化,开拓了语文阅读的视野。

2. 下列关于作家、作品的表述,错误的一项是（   ）。

A.郑振铎的散文《猫》中包含着作者复杂的情感,需要我们细细品味。

B.范仲淹,北宋政治家、文学家,他的《醉翁亭记》,表达了"先天下之忧而忧,后天下之乐而乐"的济世情怀。

C.从表达方式角度,诗歌可分为叙事诗和抒情诗。北朝民歌《木兰诗》和唐代诗人杜甫的《石壕吏》都是叙事诗。

D.吴敬梓的《范进中举》、契诃夫的《变色龙》均使用夸张、对比等讽刺小说常用的手法,塑造了性格鲜明的人物形象。

3. 下列各项说法有误的一项是（   ）。

A.《关雎》选自《诗经·周南》,《诗经》是我国第一部诗歌总集,内容分为"风""雅""颂"三部分。

B.《马说》是一篇寓言性质的杂文,借伯乐相马的故事讽刺了封建统治者不识人才、不重人才、摧残人才的愚昧和昏庸。

C.郑振铎是现代著名散文家,代表作有《猫》《鹈鹕与鱼》以及《好的故事》等。

D.《春望》是唐代现实主义诗人杜甫的五言律诗,表达了作者忧国忧民的痛苦和感伤。

二、简答题

1.《猫》这篇文章的文体是_____,作者是_____,现代_____、_____、_____。全文用_____人称叙述了"我家"三次养猫的经历,从中表现出作者_____、_____、_____等不同的感受。

2.下面的段落出自郑振铎的《海燕》,请在阅读后体会作者在文中寄寓的情感。

乌黑的一身羽毛,光滑漂亮,积伶积俐,加上一双剪刀似的尾巴,一对劲俊轻快的翅膀,凑成了那样可爱的活泼的一只小燕子。当春间二三月,轻飔微微地吹拂着,如毛的细雨无因地由天上洒落着,千条万条的柔柳,齐舒了它们的黄绿的眼,红的白的黄的花,绿的草,绿的树叶,皆如赶赴市集者似的奔聚而来,形成了烂漫无比的春天时,那些小燕子,那么伶俐可爱的小燕子,便也由南方飞来。加入了这个隽妙无比的春景的图画中,为春光平添了许多的生趣。

答案

一、选择题

1.B 2.B 3.C

二、简答题

1.叙事散文 郑振铎 作家 翻译家 文学史家 第一 快乐 辛酸/愤恨 悔恨

2.作者用大量笔墨描写家乡的小燕子,表现了对家乡小燕子的喜爱,从而寄托对家乡的思念之情。